West Wyandotte
KANSAS CITY KANSAS
PUBLIC LIBRARY

D0870629

EL TONAYA NO PERDONA

EL TONAYA NO PERDONA

Edson Lechuga

Grijalbo

El tonaya no perdona

Primera edición: marzo, 2019

D. R. © 2019, Edson Lechuga

D. R. © 2019, derechos de edición mundiales en lengua castellana:
Penguin Random House Grupo Editorial, S. A. de C. V.
Blvd. Miguel de Cervantes Saavedra núm. 301, 1er piso,
colonia Granada, delegación Miguel Hidalgo, C. P. 11520,
Ciudad de México

www.megustaleer.mx

D. R. © Paula Laverde, por la imagen de portada

Penguin Random House Grupo Editorial apoya la protección del *copyright*.
El *copyright* estimula la creatividad, defiende la diversidad en el ámbito de las ideas y el conocimiento,
promueve la libre expresión y favorece una cultura viva. Gracias por comprar una edición autorizada
de este libro y por respetar las leyes del Derecho de Autor y *copyright*. Al hacerlo está respaldando a los autores
y permitiendo que PRHGE continúe publicando libros para todos los lectores.

Queda prohibido bajo las sanciones establecidas por las leyes escanear, reproducir total o parcialmente esta
obra por cualquier medio o procedimiento así como la distribución de ejemplares
mediante alquiler o préstamo público sin previa autorización.
Si necesita fotocopiar o escanear algún fragmento de esta obra diríjase a CemPro
(Centro Mexicano de Protección y Fomento de los Derechos de Autor, https://cempro.com.mx).

ISBN: 978-607-317-639-2

Impreso en México – *Printed in Mexico*

El papel utilizado para la impresión de este libro ha sido fabricado a partir de madera procedente
de bosques y plantaciones gestionadas con los más altos estándares ambientales, garantizando
una explotación de los recursos sostenible con el medio ambiente y beneficiosa para las personas.

Penguin
Random House
Grupo Editorial

En noviembre de 2016, Ana Laura Huitzil me propuso hacer un libro como parte de un proyecto para la Fundación del Centro Histórico de la Ciudad de México; una novela que abordara el tema de un grupo de indigentes que rondaban las calles del centro de la ciudad. Después de casi un año de conversaciones y testimonios recogidos junto a Lorenzo Escalante, me vi delante de páginas y páginas de un anecdotario inmenso, irreal y fantasioso, pero con un violento pulso humano. Había ahí algo terrible y vital. Tuve entonces que dar estructura, tempo, trama, cohesión al material para poder trazar esta novela; pero más aún, tuve entonces que hablar de mí; de los vestigios que laten de ellos en mí; de los hallazgos que perviven de mí en ellos.

Así que este texto está escrito desde mí y desde ellos: a la vez.

Otra vez gracias a Lorenzo Escalante.
Una vez más gracias a Ana Laura Huitzil.
De nuevo gracias al escuadrón.

Edson Lechuga

Al escuadrón·de·la·muerte
con honor

A esta ciudad·madrastra
con dolor

A la raza del 26
con toda mi gratitud

Pues la belleza no es nada sino el principio de lo terrible, lo que somos capaces de soportar, lo que sólo admiramos porque serenamente desdeña destrozarnos.

RAINER MARIA RILKE

la puritita sangre de dios

ábranse a la verga, tercermundistas, que ya llegó su goti-
ta·de·miel, dice el lauro y todo el escuadrón se pandea.
se tuerce. se dobla. saben ellos quién es el padre y el hijo
y el espíritu santo en la puta calle.

    además el lauro viene cargado de calor: caliente.
algo le relumbra debajo del chaleco y le hierve en el
aliento y en la mirada.

    tonaya:

    la puritita sangre de dios,

    caldito levanta·muertos,

    besito de mamá,

    aliento de tonatiuh: tonaya.

    y el lauro trae uno debajo del chaleco, haciendo
latir su corazón con el puro petatazo del alcohol. lo fue
a talonear al oxxo de la esquina y ni quién se la hiciera
de pedo aunque sea ley·seca. para el lauro no hay otra
ley más que la que se masca en la calle. así que fue al

oxxo, rodó su silla de ruedas hasta el anaquel donde se encuentra el chupe, arrancó la cinta de restricción y agarró dos de a cuarto de litro. «ahí me las anotas, lulú», le dijo al dependiente flaquito de no más de dieciséis y salió como si no debiera nada.

y ahora todos los del escuadrón·de·la·muerte se arquean como gatos desperezándose, sonríen unos con dientes y otros sin, porque saben que les acaba de llegar su navidad,

su día del niño.

el chaparro es uno de los contentos porque el tonaya es lo único que le quita los temblores. le chinga la panza, lo sabe. le desgracia el hígado, le quema las tripas, le carcome la moral, pero le alivia la cabeza, lo relaja, lo pone de buenas. cuando trae medio litro de tonaya en el torrente sanguíneo, el chaparro canta, sin importarle el hoyo en su pantorrilla,

sin importarle el recuerdo,

sin importarle el dolor del dolor porque en la calle hasta el dolor duele.

el chaparro canta, y no canta mal. canta recio. desde mero adentro. cierra los ojos y suelta la voz adolorida, lastimada, como si cantara desde la herida que le supura en la pantorrilla.

puras de desgraciados, eso sí.

puras que hablen de aquella que lo abandonó aunque no lo hayan abandonado nunca.

canta, y cuando canta, siente que el culo lo abandona, siente que se le desmorona el alma, siente cómo se le desbarata eso pequeño que un día tuvo y luego dejó de tener nomás por el puto vicio, nomás por esta pinche propensión al olor a orines.

el chaparro canta desde mero adentro, siente, tiembla con las letras y hace temblar hasta a las banquetas del centro histórico donde el escuadrón·de·la·muerte ha fundado su reino, su civilización. a capela canta porque en el callejón no hay guitarras, ni violines ni trompetas. sólo la voz y el tonaya. pero no hace falta más que eso:

la voz y el tonaya.

y hoy el lauro se puso guapo y trajo dos de a cuarto. no hace falta la salud ni el sol ni la comida ni el amor, con el tonaya basta. no hace falta ni el pasado ni el futuro porque el tonaya es puro presente.

el chaparro canta a las siete doce de esta mañana fría en el de·efe, que ya le quieren cambiar el nombre, pero para el escuadrón será siempre el de·efe. y que chinguen a sus madres, que le cambien el nombre a su perro, los hijos de la chingada, pero a mi ciudad no me la toquen. y menos a mi calle, manojo de quelites, porque esta calle es más mía que de ellos.

y sí,
toda la calle es del chaparro y del salva y del lauro y del
ojitos y de la güera que en realidad es güero porque aquí
las mujeres no valen verga.

    nada más nel.

    ni madres.

    por ningún motivo.

las mujeres emputecen el alma porque tienen el alma
emputecida desde endenantes, desde el inicio de esto
que apenas vamos entendiendo y que le pusimos el nombre de *vida*. pese a que aquí hay poca, porque lo que
abunda es muerte. eso sí,

    chingos de muerte.

hacia donde voltees se huele, se presiente, se ventea:

    chingos de muerte.

si pinches mi pasado y pinches mi presente, pinchísimo será mi futuro

la güera no es güera sino güero, dijimos. y es que un día se cansó de obedecer y tener que pasar por las armas debajo de cada wey que se afiliaba al escuadrón;

la güera no es güera sino güero porque ya estuvo bueno, hijos de putas, de que me agarren de su puerquita y sea yo quien tenga que talonear para que chupemos todos bien a gusto;

la güera no es güera sino güero porque basta de cábula, culeros, basta de zapes, basta de jalones de greñas;

la güera no es güera sino güero porque de ahora en adelante si quieren coger, les va a costar, pendejos, porque nada es de a gratis y cuarenta varos por piocha o no hay bombón.

—¿treinta varos? —se le resbala la pregunta por las comisuras al ojitos—, pero si la trucutú cobra tostón y está bien buena.

—cuarenta, pendejo. dije cuarenta.

la güera no es güera sino güero porque ya se dio cuenta de que

    ser mujer en este pendejo mundo no es cosa de
gozo,

      ni de risa,

      ni de virtud,

      ni de orgullo, sino de miedo.

todos ellos, hechos bolas, anudados, zurcidos unos a
otros con hebras de alcohol son el escuadrón·de·la·muer-
te. así les dicen y así se dicen y así se saben. «voy con el
escuadrón», dicen cuando le caen a la esquina a darse
un pegue. se refieren a san jerónimo, regina, mesones,
isabel la católica y 5 de febrero.

    todas esas esquinas son su esquina.

    todas esas calles son su calle.

    su puta calle.

y justo ahora ahí están todos, borrachos e infelices,
mugrosos y felices, optimistas e infelices, hediondos y
felices junto al arbolito de navidad que la delegación
puso en un macetero de su calle, decorado con esfe-
ras de colores y que ellos, poco a poco, uno a uno, fueron adornando con botellas vacías de tonaya porque
se ve más bonito así, más chingón, más de nosotros. se
ve como más de a de veras, como más neta. con esferi-

tas y foquitos se veía fresa, se veía gringo, gacho. pero
con botellitas de tonaya cambia, se ve como una navidad nuestra,
      con su santaclós todo dado a la verga
      y sus renos todos mariguanos,
      y su reyes vagos:
      una navidad a la intemperie.
y todos ríen y asienten y se dan de zapes en el cogote y
se mandan a la verga y rolan la colilla de cigarro y se
mochan con otro frasco de tonaya, porque el invierno
en esta pinche ciudad se pone cada vez más gandalla. y
todo por culpa del pinche obamas que hace sus mamadas de recalentar el planeta y nos pasa a chingar a todos.
y se pondrá peor porque ahí viene el anaranjado·idio-
ta, el hijo de paquita la del barrio, el bad·hombre y sus
ganas de sonarse los mocos con este país, sus ganas de
meternos los dedos por el anófeles, sus ganas de echar-
le barda a su parcela, no tanto para que no entremos,
sino para no vernos: porque a los ricos les molesta ver
a los pobres.
      y ahora sí van a saber de cuál calza el alabado.
pero no hay pedo, carnales, aquí está el remedio metido en estos frasquitos de doscientos cincuenta mililitros
que el lauro acaba de talonear en el oxxo de la esquina.
aquí está el remedio porque *tonaya* viene de *tonatiuh*, y
tonatiuh es más dios que el alabado.

así que para él es facilito quitarnos la sed, las penas, el hambre, las calamidades. y a él hay que entregarse aunque sea a cachos, como me estoy entregando yo, dice el chaparro, y se remanga el pantalón y muestra el hoyo pútrido que tiene en la pantorrilla.

una úlcera varicosa o várice ulcerosa que le está comiendo en carne·viva la carne·viva, y ya mero se le ve el hueso, pero le vale verga al chaparro porque así es esto de chupar del diario,

así es esto de entregarse a dios.

—huele a muerto —dice el salva, pero el chaparro no lo pela, sigue cantando mientras la calle se va llenando de godínez de las siete y veinte que miran de reojo al escuadrón, y le temen, le tienen lástima, le huyen, le sacan la vuelta, les despierta compasión, les da asco.

pero algunas veces —como hoy— también les da risa

su risa, y sus canciones alegran un poquito la mañana aburrida de ese martes en el de·efe al que ya le quieren cambiar el nombre.

y el escuadrón ni se inmuta. saben que la calle es suya y de nadie más. no es de los transeúntes, ni de los coches, ni de los automovilistas, ni de los peseros, ni de los godínez, ni de los ambulantes, sino suya.

suya porque han pagado por ella el enorme precio del desprecio, el abandono, el frío, el hambre, la marginación, la desnutrición, los calambres, los delirios, el rechinido de dientes y el llanto.

el pinche llanto que se desboca cuando algún mal recuerdo se pone delante del futuro: si pinches mi pasado y pinches mi presente, pinchísimo será mi futuro. pero ni modo, aquí nos tocó malvivir y aquí malvivimos:

en esta casa sin techo que es la calle.

esta casa sin techo que es la calle, repito. así que ellos, los del escuadrón, deciden si entrar o no entrar:

porque a la calle se entra, no se sale.

se entra como quien entra a una selva, o a un desierto, o a una cueva, o a la boca enorme de un dios que en veces se endemonia y te digiere, te asimila, te disuelve para después cagarte en alguna esquina oscura del universo.

salir de casa y entrar a la calle.

es lo que hice y es lo que volvería a hacer si otra vez estuviera en mi casa, dice el chaparro. pero eso es un puro decir porque de aquí ya no me saca nadie.

—¿ni muerto? —pregunta el salva.

—ni así —dice el chaparro—, porque quiero que me entierren aquí mero, en esta mera esquina de san jerónimo e isabel la católica por donde ahora pasa ya la gente a ríos. apresurada la gente que entra a las ocho porque ya son las siete cincuenta y tres y el salva se caga de risa porque está borracho y está contento.

—cántate otra, chaparro.

y el chaparro se arranca con *el rey* porque yo sé bien que

estoy afuera, pero el día en que yo me muera, sé que tendrás que llorar:

llorar y llorar,
llorar y llorar.

y todos desaforados gritan y lloran, cantan y lloran, se desmelenan, abren los brazos, se desabrochan la camisa, aúllan y lloran, salpican gotitas de saliva alcohólica mientras berrean a boca abierta y lloran; porque llorar y llorar es saber que estoy afuera y tener la certeza de que el día en que yo me muera sé que tendrás que llorar.

y todos:
el chaparro,
el salva,
el lauro,
el ojitos,
la güera que no es güera sino güero,
desgañitándose corean la rola y sienten que la calle es uña y ya le anda de mugre;
saben que la calle es herida y ya le anda de pus;
entienden que la calle es tlaconete y ya le anda de sal.

como una estrella

si la güera no hubiera nacido en iztapalapa, ahora mismo sería conductora de televisión.

si al menos le hubiera tocado nacer en las lomas, o en polanco, o ya de perdis en la del valle…, pero nel, le tocó nacer en iztapalapa y ahí a los jotos se les rompe su madre. así nomás. sin trámite. pero si hubiera nacido en polanco, tendría varo para buenas garras, buenos trapos, buenos perfumes y maquillaje del caro. le hubiera costado trabajo convencer a la familia

porque en este pinche país gelatinero la gente todavía piensa que lo joto se te quita con pastillas o con oraciones.

si la güera hubiera nacido en polanco, seguro su pudiente padre conocería a raúl velasco o a esteban arce —igual de pendejos los dos pero bien palancas— y ella irrumpiría en la escena televisiva del país. al fin lo güero ya lo trae de nacimiento. quién sabe por qué, pero fue la única blanca entre un puño de prietos.

un puño grande, no mamadas.

a la madre de la güera le dio por parir hijo por año sin descanso durante hartos años. reventado de hijos le quedó el vientre, pero así y todo seguía lavando ajeno, recogiendo latas para venderlas por kilo. ¡ay!, pero si hubiera nacido en polanco, otro perro me ladraría, chaparro, le dice al chaparro mientras le hace piojito y le arrima el camarón porque lo tiene entre sus brazos en la intimidad de la banqueta de san jerónimo, viendo el ir y venir de la raza que cómo pasa de un lado para otro la desgraciada gente.

—¿a dónde chingados irán? —se pregunta el chaparro sumergido en los treinta y ocho grados del tonaya. y esa pregunta se le sale de la realidad de allá y se le viene a la realidad de acá, y la güera pesca al vuelo la pregunta y como que quiere responderla, pero ser conductora de televisión pesa más que la respuesta:

—¡ay, chaparro!, si yo hubiera nacido en polanco... al fin lo güero ya lo traigo de nacimiento, así que no gastaría en tintes como la lagartija del programa de las mañanas en el dos, que ni culo tiene la pendeja y vaya que le hace falta porque

¡ah, cómo es pendeja la pendeja!

¡ah, cómo es pendeja la pobre garraleta esa!

y ya está levantando al chaparro y se está echando su brazo al cuello, y a huevo lo hace caminar entre la gente que cómo chingados va y viene.

—¿a dónde irán? —repite el chaparro intrigado de verdad—. tanta gente, carajo. como si no tuvieran nada que hacer en sus casas estos pelinques —en realidad quiso decir *peleles* o *enclenques*, pero

ya se le juntan las palabras al chaparro,

ya el alcohol se ha encargado de licuarle la zona del cerebro donde se separan las palabras y entonces ya se le juntan.

sin embargo, la güera lo entiende: «si yo no soy ni güera ni güero, cómo pinches no entender ese tipo de intersecciones». el chaparro escucha la palabra *intersección* y algo en el cosmos de su cabeza —allá, lejos, a millones de años luz— se ilumina como una supernova que estalla y lo hace sonreír dejando que la luz del estallido se asome por sus encías, porque dientes ya no tiene.

—inn-terrr-sexx-xiooón —intenta decir el chaparro y se caga de risa y la güera lo entiende, lo comprende de veras y se caga de risa igual y repite:

—inn-terrr-sexx-xiooón —y más carcajadas porque la güera acaba de ver la luz que el chaparro emana entre los colmillos, en el agujero de sus incisivos y sabe, siente, que es una supernova estallando en el cosmos del cerebro del chaparro a millones de años luz. y no puede contenerse y deja ir su boca sobre su boca, su saliva sobre su saliva. y se besan en la intimidad de la calle isabel la católica, y después del beso el chaparro suelta un grito con todos sus pulmones:

«¡eres una estrella!»

y la güera lo entiende:

«¡a huevo. soy una estrella!»

y son felices pese a que la güera se refiere a una estrella del canal de las estrellas y el chaparro a la supernova que estalla en el cosmos de su cabeza,

adentro,

a millones de años luz de su sistema nervioso central.

orinar en cada linde del territorio
como tejones

el lauro es grieta, raspadura en la pared, mugre que cubre los barandales de los puentes·peatonales. aquí nació y jamás se ha imaginado ni tan siquiera moverse del barrio. como si aquí empezara el mundo y aquí mismo terminara de terminar. como si después de la esquina sólo hubiera milpa,

> después un desierto inmenso,
> después un acantilado donde acabara la realidad.
> aunque una vez fue a veracruz. lo llevaron a huevo a visitar al hermanito·julio para que le sacara el miedo que se le había metido en la médula y le paralizaba las piernas, le atrofiaba los nervios ciáticos y no le permitía caminar. el hermanito·julio era un buen amigo de dios. nomás que no llegó a ser ni santo, ni beato, ni mensajero, ni arcángel, ni serafín, ni querubín así que se quedó en hermanito. pero eso no le impedía manifestarse a través de doña elodia y repartir milagros

extensos, coloridos y fehacientes como el tiradero de basura de chalco.

y el lauro caminó.

no en el momento, pero sí muchos años después.

pero de eso hablaremos posteriormente porque lo que nos interesa ahora es verlo esta mañana poniendo su puesto en la esquina y vendiendo dulces, cigarros sueltos y cháchars que merca en el barrio: coladeras herrumbrosas, muñecas descabezadas, herramientas oxidadas, zapatos todos culeros y muchas llaves sueltas,

solas,

inútiles,

separadas de su cerradura vaginal, apartadas para siempre de su origen, imposibilitadas ya para abrir ningún cerrojo nunca.

—¿quiúbole, doña. cómo le amaneció? —saluda.

—...

—eso es lo importante, que haya salú. ahorita el chaparro le lleva sus malboros.

es su territorio, se ha encargado de orinar en cada linde como tejón. aunque no lo camine —porque el hermanito·julio le arregló las piernas nomás a medias—, sí lo rueda. rueda su territorio que es más o menos lo mismo que caminarlo. incluso dice que es mejor rodarlo que caminarlo. o eso le dijo al doctor:

—mejor rodar que caminar, mi doc —y el lauro sonrió y el doctor no porque el comentario le supo más a resignación que a broma.

había ido a la clínica para ver si tenía remedio porque el remedio del hermanito·julio nomás duró unos años y luego le cayó la voladora y se le tulleron las piernas otra vez, y parece que para siempre. pero como que le late al lauro eso de no caminar, eso de andar rodando la calle porque con su silla la lástima va incluida. además echa carreritas en el callejón con el salva y el chaparro, y se la pelan los dos pinches briagos porque no pueden correr más de media cuadra cuando ya andan aventando el bofe y escupiendo sangre.

lo que no sabe el lauro es que lo dejan ganar. el salva y el chaparro le hacen el paro y lo dejan ganar porque él es quien parte el queso en este cuchitril.

así es y así está bien.

será porque el lauro sí tiene casa, o porque tiene un chingo de conectes, o porque cabulea con morras, o porque siempre trae varo, o sepa la verga por qué, pero es él quien dice cómo es.

—buenas, don, ¿cómo sigue su señora?

—…

—órale pues, sígale preparando la comida, nomás que no se le malacostumbre, don, no sea que a la doña se le olvide cómo encender el boiler o cómo desflemar chileanchos.

—…

—sin albur, don, cómo va usté a creer.

el lauro cabulea con la raza, bromea con los transeúntes, dirige la orquesta. comida no le falta al lauro porque nunca falta el compasivo que le dispara el desayuno, y quien la comida, y quien la cena. así que aunque a veces no hay comida, otras veces hasta tres. por eso dice el lauro que hay veces en que la vida te quita las manos del pescuezo y te da una de jamón por tantas otras que te ha dado de queso·de·puerco.

y el queso·de·puerco es para los puercos, carnal.

pero todo depende de las ganas que tengas de vender

lástima, ñero. si te levantas de veras jodido y tristeando, seguro te cae comida y varo; pero si te levantas contento y con ánimo, con ganas de salir adelante, entonces la vida se te adelanta y pura de árabe: para que se eduque, lulú; para que aprenda que no hay que andar poniéndose contento,

para que escarmiente y entienda que la mera felicidad es estar bien triste.

así que prefiero pedir favores, talonear, comer lo que me regalen, agradecer lo que llegue. piojo por piojo, liendre por liendre y oreja por oreja pero sin venganza, piensa el lauro. y es que aquí no hay venganzas, pero sí favores que se pagan con otros favores.

—gracias, doña, dígale a su hijo que me debe veinte varos o un favorcito de aquellos.

—...

—ándele, pase usté, que tenga buen día.

y así se la lleva el vato bajo el sol de esta pinche ciudad·de·lumbre,

esta ciudad que se despedaza,

esta ciudad de tenis colgando de los cables,

esta ciudad a la que ya quieren cambiarle el nombre, pero nel,

de ninguna manera,

el de·efe es el de·efe y así seguirá siendo por los siglos de los siglos.

    —amén —dice la güera y neta siente que es palabra de dios.

esta perra·ciudad

el chaparro visita al lauro todos los días porque le conviene y porque lo aprecia. en ese orden. le echa la mano a acomodar los dulces para que se vea presentable el negocio, no tierroso como tú, pinche lauro, que no te has cambiado la playera en una semana.

—es que hace frío, cabrón, y es de lana.

—¿y eso qué?, ¿a poco crees que la lana tapa lo hediondo?

—hediondo tú, pendejo. a purititita mierda hueles.

—mejor a mierda que a podrido.

—eso sí.

—eso sí.

y se medio ríen y se medio miran hasta que el chaparro siente venir uno de esos temblores que sólo se le calman con un aliviane, con un traguito de tonaya; y tiene que alejarse porque al lauro no le gusta que chupen cerca de su puesto.

—se abren a la verga, culeros, aquí no se chupa. si al menos fueran caguamas como la otra noche que los invité a un jale bien machín y salió harto varo, y gracias a eso yo mero disparé las caguamas y hasta unas putitas para todos.

dos putitas para cuatro weyes pero ni pedo;
dos gardenias para cuatro colibríes pero ni modo;
dos bocas para cuatro chóstomos pero ni hablar;
en este reino la metes en el agujero disponible, esté despierto o esté dormido.

el salva recién se acerca y escucha y se acuerda de la chamaquita que tuvo debajo y sonríe. se le hace agua la boca, se le temblequean las rodillas, se le eriza la piel porque aquella morena lo besó como si de veras, como si no fuera el cuarto de la noche, como si algo, aunque sea chiquito, nimio, insignificante, algo se le hubiera movido dentro a la chole —soledad, se llamaba—; algo nuevo, algo neto, algo que le hizo al salva pensar en que tal vez... no sé... a lo mejor en una de esas vuelvo mañana y no me cobra.

pero la muy puta era muy puta
y nada es de a gratis, mi rey,
como si estuvieras tan guapo,
como si yo no comiera a diario,
como si no tuviera tres boquitas que mantener,

como si la tuvieras tan grande.

pero aun así el salva recuerda y el recuerdo le da risa, una risa buena que poco a poco se va convirtiendo en mala porque el recuerdo se le retuerce y se le revuelve con otro recuerdo más culero: aquél donde está él, bocabajeado, empinado, sujeto de manos y patas, despernancado, con el culo para arriba, con las nalgas al aire, mordiendo un pañuelo mientras un hijo de puta lo parte en dos,

lo penetra,

lo tuerce,

lo abre,

lo rasga,

le da duro hasta que no puede más y lo llena.

se suelta el hijo de puta,

se alivia,

se queda vacío.

y le duele el culo al salva. ahí parado frente al lauro le duele el culo y aprieta la navaja en su bolsillo junto con los dientes y siente ganas de sangre, ganas de vaciar algún ojo de su cuenca. más todavía cuando ese recuerdo retorcido se esconde debajo de otro menos perro pero más.

menos deforme pero más.

menos obsceno pero más.

aquél donde es él quien bocabajea a otro vato y lo parte en dos,

lo penetra,
lo tuerce,
lo abre,
lo rasga,
le da duro hasta que lo llena.
y se suelta el salva,
se alivia,
se queda vacío.

mientras el salva recuerda, el lauro sigue en el bisnes.
comenta con una doña que quiere a los del escuadrón
como si fueran sus hijos.
    —hijos de la chingada y míos —dice serio—: su
mera madre es la chingada y yo su mero padre.
    y esta perra·ciudad es la guardería de mis mijos.

aquí se entretienen con sus juguetes, sus banquetas, sus
alcantarillas, sus tenis colgando de los cables.

esta perra·ciudad es la guardería de mis mijos, aquí se alimentan, se empastillan, se meten los dedos, remojan su mona, incendian sus venas, inyectan sus ojos, recuerdan sus duelos, pepenan su basura, desfleman sus culpas.

esta perra·ciudad es la guardería de mis mijos, de donde se sujetan para no salir volando como globos inflados con helio, aprisa, apurados, queriendo largarse de la realidad que el pendejo azar les puso encima, y delante, y detrás, y en medio, arriba y debajo, adentro y afuera.

esta perra·ciudad es la guardería de mis mijos, donde se emborrachan y juegan a ser hombrecitos, juegan a ser malotes, juegan a ser cantantes, juegan a ser descarriados, desobedientes, marginados. juegan al olvido, a dejar de ser quienes son para sentirse otros,

tantito menos culeros,

tantito menos dados a la verga.

donde le habita lo pendejo

ahora están en isabel la católica, hemos dicho. la güera arrastró hasta aquí al chaparro y lo plantó delante del aparador de coppel para que vea en las televisiones lo que hubiera sido de su vida si hubiera nacido en polanco.

—¿ves, chaparro? ésa de ahí debía de ser yo y el programa estaría con·madre porque a mí no me salen tantas pendejadas de la boca. y seguro ya me habría comido al pichoncito ese —dice señalando a un conductor chavo·ruco con bronceado zanahoria, camisa de pecho abierto y cara de idiota.

y por un momento lo cree.

imagina y luego invoca y luego evoca y luego convoca y se lo cree.

la güera es ahora una estrella del canal de las estrellas y está junto a ese chavo·ruco, pichoncito bronceado zanahoria, camisa de pecho abierto y cara de idiota. la güera ahora se llama georgina —pero lo pronuncian *yioryina*—, y habla de maquillaje, de moda, de comida sana, de deportes extremos, de cosas increíbles que pasan en el mundo.

no se le ve lo pendejo a la yioryina legarreta porque está bien maquillada y la pestaña le papalotea con candidez, y la mini atrae las miradas hacia las piernas y no a la cabeza, que es donde le habita lo pendejo.

sonríe la yioryina y habla de sexo con pudor, pero dejando ver que no tiene prejuicios; que ella sí; que es una mujer de siglo veintiuno y que vive sin tabúes. tiene una sección que le encanta:

Hablemos "Claro" De Sexo

así, con comillas en *claro* para que parezca que no sólo quiere decir "hablemos *con claridad* de sexo", sino también "hablemos *obvio* de sexo". la idea le pareció genial, divina. la amé nada más de escuchar el nombre, dice yioryina legarreta, porque es ella una mujer sin prejuicios pero con principios. ése es su lema, de hecho, «sin prejuicios pero con principios» dice en las entrevistas en las que siempre, invariablemente, da gracias a dios después de cada respuesta.

«efectivamente», dice, «fue una experiencia muy divertida y me dejó una enseñanza muchísimo muy muy grande. gracias a dios»;

o «claro que recomiendo la película. habla de cosas bien bien bien importantes. de veras. a mí me ayudó mucho. encontré varias respuestas. gracias a dios»;

o «este yogurt es el único elaborado con clara de huevo de avestruza», dice enfatizando la "a" porque es una mujer del siglo veintiuno y está metida de lleno en la discusión de género, «gracias a dios».

o «pocas cosas tan nutritivas y ricas como la leche de soja, que se debe de pronunciar *soya*. gracias a dios».

ahora la güera es yioryina legarreta y es feliz

con sus caireles caídos sobre las tetas recién salidas del horno

y la piel sin poros recién salida del *plotter*.

y tanto habla la güera aquí, en la banqueta de isabel la católica, que el chaparro se confunde, se extravía entre el tonaya y la evocación y tanta estrella, y termina por asumir que simón que sí, ese; esta morra que traigo al lado es la yioryina legarreta y la acabo de sacar de una de las pantallas de televisión de este aparador de coppel y ahora la traigo aquí colgada a mi brazo y dándome besitos en los cachetes.

y al escuchar esto la güera siente que nació en polanco

y que su padre la recomendó o con raúl velasco o con esteban arce —los dos igual de pendejos pero con hartos conectes—,

y que ahora anda de *shopping* por el centro histórico de la ciudad de méxico,

que antes se llamaba horrible, querida:

de·efe, le decían.

besitos de amor

ciertamente el lauro sabe dar razón de todos los del escuadrón, uno y otro. sabe dónde están y a qué hora. sabe sus gustos, sus vicios, sus melancolías, sus secretos, sus dolencias. es él quien los alimenta, los regaña, los mete en cintura. es él quien los despioja, quien les quita las chinguiñas, quien les limpia los cachetes con salivita, quien incluso,
        a veces,
        hasta besitos les da.
        besitos de amor.
        eso sí,
        después de habérselos cogido.

los constituyentes

hay veces en que la vida te quita las manos del pescuezo y te da una de jamón por tantas otras que te ha dado de queso·de·puerco. hay veces, dice el lauro, que sin que tú lo pidas te cae del cielo una nalguita, o una lanita, o una lanita para una nalguita.

—es la pura voluntad de dios —opina el salva— para que no nos muéramos de hambre como perros.

—pior —le ladra el lauro—, los perros de ahora comen mejor que nosotros.

—eso sí.

—eso sí.

y por sus cabezas pasa una galería de perritos fifís con las uñas pintadas, recién bañados, bien comidos, vestidos mejor que cualquiera de ellos, ajuareados y respingando las narices como sus dueñas, en brazos, siempre en brazos, de los hípsters, los señoritos que van de *shopping* al centro histórico.

y ese pensamiento les va callando la boca a todos, y dejan caer los ojos porque no se aguantan la mirada entre ellos:
saberse menos que un perro es imposible de soportar con los ojos abiertos.

el chaparro no opina, sólo asiente junto al resto. asiente y sonríe porque se imagina una cosa buena, es decir: tonaya. porque en la calle después de meses o años las cosas buenas se reducen a una:
tonaya.
teniendo el pomo, todo lo demás es lo de menos. el hambre, el susto, el frío, el remordimiento, las ganas de cagar, de mear, de coger, todo lo cura el tonaya, todo lo mitiga.
«el día que al mundo se lo lleve la verga quiero estar encuerado metido en una tina llena de tonaya y haciendo bucitos», piensa y esa risa de su pensamiento se le escapa a la realidad y quien lo mira supone que

el chaparro se ríe a lo pendejo sin saber lo que se cuece adentro, muy adentro,

en el espacio sideral de su cabeza,

en el cosmos de su sistema nervioso central.

les voy a alegrar la tarde, culeros, nada más para que se den cuenta de qué lado masca la iguana, y quién es el que parte el queso, y de qué color tienen los ojos los cocodrilos. el lauro los arrea, los motiva, los empuja con cariño y ahí van todos metidos en la tarde que comienza a dejar caer la noche sobre las azoteas de esta ciudad que se aferra a seguir siendo de·efe y no ciudad de méxico, como dicen que le quieren empezar a decir.

—ya le quieren cambiar el nombre —se encabrona el chaparro.

—nel —niega el lauro—, aunque se lo cambien no se le cambia. eso es de lo que no se han dado cuenta esos pendejos.

—¿quiénes? —pregunta el salva.

—pues los políticos puercos, liendrosos —y el salva asiente, entiende. y el chaparro asiente, entiende. y todos los del escuadrón asienten, entienden—. no se han dado cuenta de que nadie puede cambiarle el nombre a esta ciudad más que nosotros —continúa el lauro—,

porque nosotros se lo pusimos.

fuimos nosotros desde nuestra miseria quienes le comenzamos a llamar de·efe al distrito federal porque se nos hacía bien largo decirle distrito federal y bien chido decirle de·efe.

además de·efe combina con *defectuoso*, con *defecarse* y no me van a decir a mí que ese chaleco no parece hecho a la medida de esta ciudad.

—de·efe…, suena machín —es el chaparro quien piensa en voz alta.

—simón —sonríe el lauro—, y nosotros se lo pusimos:

somos los constituyentes.

y rompen la tarde del centro histórico a carcajadas hilarantes, pestilentes, alcohólicas. ríen juntos y revueltos y se dan de putazos en la espalda y se jalan los pelos tiesos y se pican el fundillo en broma y se dan cuenta de que ríen juntos para salvarse porque la risa cura,

la risa ilumina,

la risa alumbra lo oscuro,

la risa cubre de bonito el pavimento,

los coches, el hambre, las banquetas, los delirios, el hedor, los puestos callejeros. la risa limpia aunque cada uno ría por cosas diferentes:

el lauro por sentirse de veras constituyente,

el chaparro porque no tiene ni puta idea de lo que eso significa,

el salva porque el chaparro se ve bien cagado chimuelo y a carcajadas,

el ojitos porque si no se ríe, seguro le caen a putazos los otros, nomás por no reírse con ellos o por hablar
zipizape como habla,

y la güera porque cuando se ríe, no puede evitar ser meramente güera y no güero, y eso le hace sentirse ella,

única,

irrepetible e inmensa.

cacha·granizo o escupe·lupe

el lauro es ley, raza, banda, uno de los nuestros. el lauro aliviana, hace el paro, como ahora que los lleva a un callejón fuera del territorio como quien lleva a sus hijos a la escuela. pero nadie desconfía, nadie duda.

todos saben que el lauro sabe.

como la vez anterior cuando el tráiler, cuando cámara cabrones a descargar esta madre para ganarnos unas caguamas y unas putitas. y órale putos a darle, a chingarle toda la noche como gatos, como rateros de arriba para abajo descargando el pinches tráiler, puje y puje, sude y sude. y eso que a nadie de nosotros nos late el trabajo, ya lo sé, pero si queremos de vez en cuando una nalguita para embodegar el cuaresmeño, hay que bajar cajas, culeros. ya ven que la güera ya quiere cobrar cuarenta varos.

—es güero —dice el chaparro—, yo ya lo tenté.

—pues será güero a veces —sorprende el salva— porque yo también ya la tenté.

53

y el lauro se queda con la puta duda atravesándole las carnes porque hasta ahora nadie sabe si sí o no;
nadie sabe si cacha·granizo o escupe·lupe;
nadie sabe si tela·de·juir o arroz·con·popote;
nadie sabe si güera o güero.
y entonces el lauro va resumiendo que ni una cosa ni la otra. que en veces güera y en veces güero. a según haga falta. y va sintiendo cómo se le infla una cosa muy parecida a la envidia porque cómo le gustaría una de cal y una de arena, cómo le gustaría ser gavilán y paloma, cómo le gustaría ser gatita que cura con arrumacos y macho alfa lomo plateado.

«eres mi héroa, güero», piensa y mantiene dentro su pensamiento para que no lo mal·miren como mal·miran al chaparro.

y ahí fuimos todos sin ganas pero con ganas. a chingarle. y ahí les va una caja y ahí les va la otra y dale cabrón y cámara y órale y toda la noche, todas las horas de la noche, toda la sed de las horas de la noche sudando, pujando, sangrando en las flemas y sintiendo los mareos... pero después lo chido, lo reata, lo chingón, la salud a todos los malestares: el tonaya.

y menos mal porque al chaparro ya se lo estaba cargando el payaso. el pendejo ya no aguanta mucho, no tarda, seguro será el próximo, piensa el salva, o lo dice en voz baja:

—seguro ya no le queda mucho porque cada vez se engarrota más el wey. como antenoche que tuve que frotarle las patas y los brazos porque se lo estaba cargando el malo. verdá de dios. se entumió todito el huevón y se le trabaron las quijadas y empezó a babear bien feito, pana. sin poder hablar, nomás babeando y temblando, y hasta se mordió la boca y córrele por una cuchara y métesela en la trompa para que no se lastime la lengua como el ojitos que se la partió en dos y por eso habla como zipizape.

el chaparro se puso grave, recuerda el salva. gacho, grave gacho. yo tuve que hacerle el paro al huevón... ésa es la ley del escuadrón: nadie deja morir solo a un camarada;

ni en la peda,

ni en la cruda.

pero aquella vez por fortuna, despuesito de la convulsión, el chaparro se acordó que debajo de tantos escombros en su cabeza, debajo de tanta basura, debajo de tanto delirio estaba el recuerdo cristalino de una botellita de doscientos cincuenta mililitros de tonaya. allí, salva, mero debajo de aquel fierrerío, escondida entre los botes de basura y el retorcedero de láminas. una botellita luminosa que sirve para quitar las angustias y dar paz.

—no importa que esté volviendo sangre, salva —dijo aquella vez el chaparro—. de todas maneras me va a cargar la chingada. no importa. neta. la cosa es que se me espante tantito esta mala·sombra que me da cuando ando seco.

y el salva fue por el frasco, y antes de ofrecerle un trago al chaparro le pegó un trago él porque no vaya a ser que con la desesperación este come·mierda se lo empine todo y luego se muera de una congestión y a joderme yo con un muertito y sin tonaya. no, mejor primero un trago, aunque después del primero se me vino el ansia más cabrona y como que mejor ya no le doy nada a este come·mierda. al fin y al cabo se va a morir, pana, él solito lo está diciendo.

y el chaparro se retuerce y lo manda a la verga y no seas culero hijo de tu puta madre, no ves que ya me están dando los temblores de la muerte. y el salva lo piensa, lo duda, lo sopesa…, y finalmente cede ante los retortijones del chaparro, ante sus ojos desorbitados, ante los pellejos de sus labios, pero sólo por la ley del escuadrón, por nada más.

el escuadrón se impone y ante eso no hay remedio.

pordioseros·invencibles

ahora, decíamos, van rumbo a otro territorio siguiendo
al lauro con fe. ahorita les voy a alegrar la tarde, había
dicho el lauro y ya era de noche y aún no les alegraba
nada. hasta que toparon con un zaguán en un callejón
peor de jodido que el suyo, que ya es mucho decir, y el
lauro toca la puerta, decidido, sin pedo alguno.

    —¿quién? —le contestan desde adentro, recio,
golpeado.

    —el lauro —dice el lauro.

y la cortina metálica cruje y se va levantando como telón
de teatro,

    se va izando como la bandera de un país mano-
seado,

    mosqueado,

    ensangrentado,

    un país todo dado a la verga: este país.

el salva mete los ojos antes que cualquiera porque es precavido, y mientras lo hace, agarra recio la navaja en su bolsillo y prepara las piernas para salir vuelto madres en caso de que sea necesario salir vuelto madres. pero no hay nadie más que un barbón y una muchacha que no se sabe si es muchacha o muchacho de lo percudida que está; o percudido. una muchacha que es más bien un amontonadero de ropa sucia, un puño de pelos, un nido de cucarachas.

una muchacha a la que le sobran tetas y le faltan dientes,

le faltan ojos y le sobran liendres.

una muchacha que parece que no mira, nomás respira. fuerte, hondo, como al borde de un ataque de asma.

—me dijeron que nomás pasas tú —dice el barbón y como que busca algo con qué defenderse en caso de que haga falta defenderse.

pero el lauro no se encabrona ni se emputa ni se inmuta. nomás agarra su silla de ruedas y le da recio a las llantas y se le encara al barbón y lo pendejea sin decírselo,

lo pendejea nomás mirándolo de abajo a arriba:

—¿y cómo chingados quieres que le haga yo solito para cargar toda esa madre, mijo?

y al barbón se le dibujan unas letras invisibles en la jeta:

IMBÉCIL

así, en mayúsculas. y todos leen el letrerote mero en su frente. y el barbón mejor solito se amansa, se cuadra, se quita de en medio y pasamos todos y entonces somos inmensos, grandotes, cabrones,
    pordioseros·invencibles,
    constituyentes,
somos el escuadrón y por eso entramos aventando gargajos sanguinolentos y llenado con nuestro hedor el hedor de dentro. y ahí mero vamos viendo lo que vemos y nos sabe a gloria, a dulcísima mamada de chóstomo, a besitos de mamá buena, a caguamas bien frías, a sopita caliente, a venida en la cara de una morena acuclillada a nuestros pies, a litros y litros de tonaya.

vemos lo que vemos y el pasado se va a chingar a su madre porque ni existe, ni es pasado, ni ha pasado. se nos olvida el hambre y los macanazos de los puercos, y el talón diario del comandante téllez, y la lluvia colándose por debajo de nuestro nailon a la intemperie, y el malnacido aburrimiento de los días que se alarga y se nos echa encima como una sábana de tedio que nos va entristeciendo la mirada, luego las ideas, luego las palabras.

vemos lo que vemos y el futuro se hace chiquito en nuestros dedos mugrientos y lo hacemos pelotita como moco, lo jugamos un ratito para luego aventarlo con displicencia a la puta calle. así, igualito que como estamos aventados nosotros.

—somos un pinches moco —piensa el chaparro en voz alta, como siempre, atrapado por el pasado; pero ese pensamiento se va rápido porque delante tiene el futuro luminoso convertido en unas gigantescas pacas de cartón. una casa, un bloque, un montón de cajas desbaratadas y apiladas una sobre otra hasta hacer un edificio de cartón, un cantón, un chingo, un chingo de chingos.

—cien kilos —se le caen de la trompa las palabras al chaparro.

nel, corrige el lauro, cuatrocientos cincuenta,

mi rey.

gargajos

la gente mira al escuadrón·de·la·muerte con lástima y
asco: mitad y mitad. la gente no sabe nada de ellos.
    sólo los ve y los desprecia.
la gente no sabe que el salva huye de sus recuerdos; o
que el lauro sabe de amor; o que al chaparro le gusta la navidad y las canciones rancheras; o que el ojitos
habla zipizape porque se trozó la lengua en un delirio.
    la gente no sabe nada del escuadrón, por eso los
juzga, los evita, los escupe. pero los gargajos de la gente no los tocan, ni siquiera los rozan, ni cerquita pasan.
les viene guango su desprecio, les vale verga su maltrato.
    de eso viven de hecho: de gargajos.
cada escupitajo es una palada de tierra en el hoyo que
cavan donde se refugian.
    de eso viven de hecho: de gargajos.
cada escupitajo les ha dado la enjundia con la que fun-
daron esta ciudad y la llamaron de·efe;

de eso viven de hecho: de gargajos.

cada escupitajo fraguó esta máquina del tiempo ilumi-
nada por el tonaya con la que inventaron las calles; luego se entregaron a ella con fe, con desapego; se soltaron
en ella hasta ser disueltos en los ácidos gástricos de sus
alcantarillas; se dieron a ella hasta hacerse ella y llegar a
la certeza de ser más calles que personas, más banqueta que individuos.

—somos una mierda —dijo el ojitos en mitad de
una peda triste, a medio día, embarrado en un macetero de san jerónimo.

—nel —lo intentó corregir el chaparro—, ni eso.

—…pendejos —masculló el lauro—, no se han
dado cuenta de que somos algo grande, chido, algo que
ya quisieran los puercos y la gente —y después de una
pausa agregó—: somos el escuadrón·de·la·muerte, mijos,
el mero escuadrón y estamos aquí para lavarle los dientes a la dientuda,

para cortarle los pelos a la peluda,

para hacerle cosquillas a la cosquilluda.

sin miedo, mijos, invitarle un pegue para cerrar el tra-
to de que nuestra muerte sirva para que esta porquería
siga siendo de·efe. porque ése es nuestro derecho, mijos.
somos los constituyentes y ése es nuestro derecho.

quizá el único,

pero el más importante.

porque el escuadrón no guarda rencores, el escuadrón es una hermandad de la buena, o de la mala, ya que un día el salva le sacó la navaja al lauro por una raya de coca.

—ándale, pendejo, vas —le dijo el lauro y le aventó el cuerpo con todo y silla de ruedas como si de veras no le tuviera miedo—. órale, cabrón, rájame el pescuezo —y abrió los brazos como un cristo, como un ave, como un cerdo abierto en canal. echó la cabeza para atrás estirando el pescuezo y mostrándole la yugular hinchada de muina, latente, latiendo, como queriendo que de veras se la rajara, como queriendo que de una vez lo sacara de esta porquería de vida, como necesitando huevos porque los de él no le bastaban.

pero el salva se contuvo,

y no sabemos bien por qué, ya que el salva nunca se contiene: lleva varios muertitos en sus hombros, o más bien en sus mejillas y en su paladar. literalmente: el salva tiene tatuadas dos lágrimas en los cachetes y algunos puntitos en el paladar; y eso, en el lenguaje de las maras, no es otra cosa más que lo dicho:

muertitos.

el salva no puede olvidar la aguja entrando en su mejilla, abriendo la carne, perforando la piel, inyectando la tinta. la aguda aguja desinfectada con el fuego de un encendedor y recién mojada en tinta de pluma bic. así, a pelo, sin siquiera un paliacate para morder. a pelo. el agudísimo pico de la aguja abriendo la carne, manchándolo para siempre,

inyectándole el recuerdo pútrido de haber matado a uno,

luego a dos,

luego a tres,

luego perdió la cuenta.

—lo cabrón es el primero…, tanto el difuntito como el tatuaje —dice el salva—. el primer muerto te persigue, se te echa encima, te dice cosas bajito, por las noches, te cuchichea el huevón, no te deja ir tan fácilmente. igual el tatuaje, el primero es el más cabrón, el que más sientes que te pudre la jeta, el que más costra hace y más tarda en sanar.

luego como que te acostumbras, como que la vida se vuelve otra vez buena, como que los problemas y el cansancio y el vicio y las ganas de seguir vivo se ponen encima del muertito y se va diluyendo. el tatuaje no, para eso se ponen,

para que siempre te acuerdes de que traes un muerto encima.

para que cuando ya se te esté olvidando, no se te olvide.

para que cada vez que te veas en un espejo, o en un reflejo, se te venga a la cabeza la cara y el cuerpo de aquel que respiraba pero ya no. y todo por ti, por tu jodida culpa, salva, dice el salva cuando anda borracho y se siente sincero.

pocas veces a decir verdad, casi siempre se empeda y le da por agarrar camino rumbo a la verga, es decir, sin rumbo. nomás como que le entran una ganas panteoneras de huir y huye. eso es lo que mejor sabe hacer.

el escuadrón·de·la·muerte sabe que un día de estos el salva no volverá. agarrará camino y se perderá en estas tierras sin dios.

porque aquí,
en la puta calle, no hay dios:
todos somos iguales.

el salva, sin embargo, sí tiene un dios. preciso y único.
sempiterno. disoluto. temerario.
y es él quien lo ha salvado,
es más,
le habló,
le dio su palabra.

el cuerpo de cristo

mientras tanto los del escuadrón se tiran al sol como jauría de perros·sin·dueño, se lamen las heridas, se ríen de todo porque en la peda todo da risa. qué tranza, lauro, cómo amaneciste. y el lauro no le responde pero asiente, y el salva sabe que anda de buenas; tal vez porque lo vio de reojo y se dio cuenta de que llevaba una botellita de tonaya escondida en la manga y eso a estas horas de la mañana siempre es una buena noticia. aquí en la calle las noches son cortas y las mañanas muy largas, sobre todo cuando no hay alcohol. pero esta mañana pinta corta y de buenas, sobre todo también porque el salva sabe que el lauro mercó cocaína y en una de esas, tal vez, a la mejor, quizá y le salpica unas rayas nomás porque esté de buenas.

y está de buenas.

así que mientras el escuadrón se echa al sol, el lauro va a su puesto y atiende, vende un par de chicles y una libreta, talonea unos molletes y vuelve rodando en su silla con la jauría. y el salva al verlo se acuerda de la coca y palpa en el bolsillo del pantalón el cuerpo de la navaja que no ha dejado desde que salió de el salvador. juega con ella debajo de la tela, saca un poco la hoja y la vuelve a enfundar. sabe cómo manejarla, sabe cuáles son sus medidas y alcances. conoce el momento preciso en que debe desenfundar, el instante del sablazo.

se acerca al lauro venteando la coca,
lamiéndose los labios como animal de carroña.
se siente hiena el salva,
se siente lagarto.

le retumban los putazos de su vida en las sienes. se le engarrotan las tripas al salva nada más de pura ansia, nada más de puro deseo de sentir la coca llenándole de hormigas la enredadera de sus venas. le duelen las papilas al salva nomás de puras ganas de meterse un perico por la nariz y un dedo por el culo. se pone al lado del lauro y se echa un trago gordo y grumoso de su saliva:

—¿qué? —dice el lauro y algo huele en la tensión de las venas del pescuezo del salva, en lo irritado de sus ojos. algo descubre y mejor lo calma, lo amansa. le da a entender con un movimiento de cabeza que compartirá la coca, que siempre comparte.

siempre le dice que comparte aunque no siempre comparte:

sabe cómo tratar a las bestias.

quizá por eso también es el jefe.

así que el salva no necesitará la navaja…; ni el salva ni nadie: el lauro rodará su silla hacia un zaguán, despacito, parsimonioso, concentrado. desde ahí llamará al escuadrón con un chiflido y todos asistirán, obedientes y prestos, leales, sumisos y pendejos como cadetes del colegio militar.

el lauro los formará como niños chiquitos, cabrones; por estaturas, culeros, y dejen de picarse el chimuelo porque esto es cosa seria.

y en fila india, como monjes estoicos, como feligreses recogidos ante el señor, uno a uno irá inclinándose ante la silla de ruedas para recibir su ración, su perico, su raya, su comunión.

—el cuerpo de cristo —dirá el lauro mientras arrima la uña cargada de coca a la nariz del creyente.

—amén —seguirá la broma el salva, luego el chaparro, luego la güera, luego el ojitos, inmediatamente después de aspirar recio el polvo y aguantar la respiración.

el lauro entonces será el sacerdote, un hombre que está muy cerca de dios,

pese a que aquí todos somos iguales,

no hay dios.

irte soltando

todas las noches son negras. sin embargo, hay unas peores de negras. todas las noches son bellas, chingonas, dice el lauro. el día nel, el día vale verga, el día es clarito y claritos sólo los ojos de mi jefecita santa. porque tenía los ojos claritos y al medio día se le transparentaban con la luz. el día sirve para ir al banco, para ir a la chamba, para hacer visitas formales, insípidas.

cuando sales de día siempre sabes a dónde vas.

cuando sales de noche, en cambio, puedes terminar en cualquier lugar.

la noche jala, provoca, tienta. el día es para la gente·de· bien y nosotros —se refiere al salva y al chaparro— hace chingos de años que dejamos de serlo.

el chaparro piensa que quizá sí; que quizá un día él fue gente·de·bien; que quizá hace unos años, pocos en realidad, cuando estaba aún en casa con su hijo, con su

mujer. cuando intentó regenerarse, sentar cabeza, dejarse de pendejadas. cuando juró portarse bien,
dejar la esquina.
cuando se levantaba temprano a hacer el desayuno quizá sí. cuando chambeaba en la comisión federal de electricidad y pudo comprar un departamento de juguete en la bondojito y arrimar ahí a la carolina, arrimándole de paso un hijo que intentó criar durante algunos años entre peda y peda.
no hay nada más renegrido que volverse teporocho, reflexiona el chaparro. y no me refiero a lo que los otros puedan decir de uno, sino a todo lo que uno debe dejar.

me refiero a irte soltando: ese camino culerísimo de ir decepcionando a tu mujer y a tus hijos. ir, poco a poco, peda tras peda, cagándola sistemáticamente, arruinándolo todo, despedazando los afectos, los amores.

me refiero a irte soltando: ir pasando de la querencia a la carencia. ir lastimando una y otra vez a los que quieres. ir defraudándote, a ti, tú solito, ir sabiéndote pútrido. ir venciéndote ante el pomo, ante el olor a cenicero.

me refiero a irte soltando: ir viendo cómo cada día te invitan menos a las fiestas porque te duermes, o vomitas, o te meas en las macetas y en los lavabos, o te entercas en bailar de a cartón de chelas con la mamá del novio, o te da la pálida, o le agarras la chiche a tu comadre, o le testereas los tanates a tu compadre.

me refiero a irte soltando: abrir los ojos después de días de peda y sentir el espantoso peso del presentimiento de haberla cagado, gacho, de veras horrible, y no saber ni remotamente qué fue lo que hiciste esta vez, qué aberración fuiste capaz de cometer.

me refiero a irte soltando: ir percatándote de cómo la familia te encierra, te compra tres pomos de guacardí y te entuza días enteros porque es mejor tenerte encerrado que andarte buscando en las banquetas del barrio hasta encontrarte con la bragueta abierta, todo cagado, vomitado, meado.

me refiero a irte soltando: sentir cómo la raza, la banda, los cuates te abren, te omiten, ya no te invitan, te huyen, ponen pretextos porque te estás convirtiendo en un embarque, porque siempre la cagas.

siempre.

la cagas.

me refiero a irte soltando: faltar al trabajo un día, luego tres, luego una semana entera, luego perder la cuenta de los días y los motivos para trabajar.

me refiero a irte soltando: notar cómo los que te quieren a veces te temen, otras te tienen lástima, te tratan como niño·idiota, les das asco, te desprecian, te arrinconan, te relegan, te desechan.

me refiero a irte soltando: ir convirtiéndote en la vergüenza de la familia, el grano en el culo, el primo briago que ocultan, el tío pedote que da consejos estúpidos a los sobrinos, el pobre·pendejo que sirve de perfecto ejemplo de todo lo que no se debe hacer, el bueno·para·nada, el culerín, el borrachín, el teporochín, el alcoholiquín.

me refiero a irte soltando: ir perdiendo la noción del tiempo, de lo real, de lo moral, del amor, de la lujuria, de la realidad.

me refiero a irte soltando: sentir cómo se te van desenchufando los cables que mantienen tu cabeza puesta sobre tus hombros, y a tus hombros sobre tu cuerpo, y a tu cuerpo sobre el mundo.

hasta que poco a poco comienzas a entender que la locura es esto:

estar suelto de todo.

entonces llega el de·efe como leona buena a lamerte las heridas y extiende sus calles para que te refugies; llega esta ciudad, llega inmensa y poderosa, fiel, llega con sus callejones y su escuadrón·de·la·muerte que es la ciudad misma, y al fin te nombran:

«chaparro», te dicen.

y tú sabes que éste es el sitio que estuviste buscando durante años. que eres un buscador que al fin ha encontrado. que vives y que respiras aún, pero en este hábitat, en este elemento espiritual en el que está sumergida la calle:

alcohol.
puro alcohol,
cristalino y venenoso.
amado aliento de dios donde te sumerges para
ser disuelto.
y sabes por fin cuál ha sido el motivo de tus latidos. no
sabes dónde comenzó el sentido de tu perra·vida, pero
tienes la certeza de que el fin está aquí, en el alcohol. y
sabes que somos muchos los que aquí respiramos de esta
sangre de tonaya. sabes que somos peces en esta pecera
de aguardiente que insistimos en llamar de·efe y que hay
un hueco en este catre para ti, hay un sitio en este hoyo
para ti, junto a nosotros porque ya eres uno de nosotros:
los teporochos
los pordioseros
los indigentes
los limosneros
los briagos·de·la·esquina
los sin·techo, porque el techo es para los bonitos
y nosotros somos feos.

qué importa que las piernas no
si el pito sí

el chaparro piensa que sí, que efectivamente él ya pro-
bó eso de ser gente·de·bien y ahí no encontró nada. por
eso ya no, nel, ni madres, nuncamente.
 él ya no.
 él ya sabe a lo que sabe y prefiere la calle.

el salva piensa en su pueblo, en su país, en su esposa, en
su hija y en el hijo de perra que sacudió todo su cuerpo con el filo del machete. el salva piensa en seguir vivo
siendo gente·de·mal; piensa en que es mejor ser gen-
te·de·mal porque así tiene la posibilidad de volver a el
salvador e indagar, investigar, buscar, hallar pistas, dedi-
car su mezquina vida a encontrarlo. no hacer nada más
que intentar hallarlo, saber quién es, qué nombre tiene, cuántos años, qué nacionalidad, qué afectos, qué
carros, qué costumbres, qué mujeres, qué vicios para

engancharlo, anzuelearlo, darle maicitos como a los pollos hasta tenerlo cerca,

muy cerca,

a una distancia de brazo, de navaja, de filo.

a una distancia de degollamiento.

y cortarle el cuello, cómo carajos no, hermanito. y sentir el borbotón de sangre que lava todas las culpas, que redime todas las muertes, que expía todos los males. todos los muertos. todos. todos los que han muerto por mis manos. pero antes tronarle los dedos, quemarle los huevos, llenarle de gargajos el hocico, atravesarle un palo de escoba por el culo, sacarle los ojos con un desarmador como en los buenos tiempos, dice el salva pensando en sus tiempos de carne·entre·los·dientes. atarlo a un árbol en el mero monte y dejarlo ahí hasta que las bestias lo desbrocen, le arranquen las tripas, pana. cómo carajos no. para ver si de esa manera se me olvida eso que no olvido, para ver si así, después de masticar las tripas de aquel hijoeputa, se me tuesta el recuerdo de mis rocíos y se detiene esta corrosión en mi cerebro.

el salva piensa en venganza,

es lo único,

lo único,

lo único que lo mantiene respirando.

y en medio de esta noche más noche que otras, el lauro dirige las operaciones: oríllalo aquí, le dice al chofer del tráiler; abre las puertas de la caja, le dice al chaparro; trépate, al salva. y órale cabrones, en chinga porque esto urge, que es para hoy, que se nos queman las habas, que parecen señoritas, que valen verga, no tiren la mercancía, cuando el chaparro ya medio pedo deja caer una caja y se escucha el rompedero de vidrios.

desde su silla de ruedas el lauro coordina, dirige, ordena. así ha sido siempre con el escuadrón y así está bien. nadie cuestiona la jerarquía del lauro. será porque él sí tiene casa; y eso quiere decir que es el único que duerme noche a noche bajo techo.

un techo todo culero pero techo al fin;

y noche a noche.

un techo alto como son los techos del centro histórico de esta ciudad metida en un tambo de agua·puerca. un techo donde el otro día, después de coger con la maida, se pusieron a buscarle forma a las manchas y a las grietas que lo resquebrajan:

—ahí hay un unicornio —dijo la polett.

—yo nomás veo un caballo —refutó el lauro.

—¿qué no le ves su cuerno?

—los caballos no tienen cuerno, vanessa.

—pues por eso no es caballo, pendejo, es unicornio.

—¿o sea que los unicornios son caballos con su cuerno?

—al revés, papi —le lamió la oreja otra vez cachonda la mariana—: los caballos son unicornios sin su cuerno.

—ah.

y todo siguió calmoso como era siempre que la aleida visitaba al lauro. porque la realidad entre las piernas de la nahomi era una cosa buena. cara pero buena.

como todo lo bueno.

ésa es otra de las ventajas de tener techo, piensa el lauro, aunque a veces le gana el olorcito a meados de la calle, le gana la mengambrea, el batidillo, la porquería y se pasa un par de días con el escuadrón. pero luego la conciencia muerde y vuelve a casa. con el chaparro o con el ojitos o con el salva o solo, pero vuelve. y al día siguiente jala su silla de ruedas, jala su carrito de dulces, jala su cajón donde avienta los billetes y ahí va otra vez a esta esquina o aquélla a mercar, a perseguir la chuleta, a camellar, a chingarle. porque aquí, en esta pinche ciudad que ya le quieren cambiar el nombre, el que no chilla no mama, y el que no transa no avanza, y el que se chinga se jode, y puto el último, y chinguen todos a sus madres, y sálvese quien pueda, y a la verga *las mujeres y los niños primero*, y patas para qué las quiero aunque no me sirvan para una chingada; o sí, pero no para correr sino para vender lástima.

lo cierto es que al lauro a veces le gana el olorcito a mugre, a alcantarilla y ahí va otra vez a la puta calle a cabulear con el escuadrón, a pasarla chido, a talonear, a mercar un poco de coca o mota o unas caguamas o una putita de a cincuenta varos para darle gusto al cuerpo que todavía responde:

qué importa que las piernas no si el pito sí.

pero nunca la misma, le dice al chaparro, porque luego te enamoras y enamorarse es de pendejos.

el amor es una torta de tamal con pelos.

el amor es un perro·de·azotea ladrando a los transeúntes.

el amor es un cenicero atascado de colillas.

el amor es el único animal que después de muerto sigue dando vueltas

como pollo rostizado.

          sabe de amor
    pese a que le caga el amor

sin embargo, el lauro miente, ha mentido siempre.
    sabe,
    la verdad,
        que la mentira es más sincera que la verdad.
sabe que mentir es la neta y que decir la verdad no sirve más que para ni madres.
el lauro miente porque una vez a la semana, o dos, o
hasta tres se va con una putita que es siempre la misma
y de quien no diremos el nombre porque no lo conoce-
mos. ni el chaparro lo conoce, ni el salva, ni el mismo
lauro porque la putita también miente y a veces dice que
se llama danya, y otras que paulina, y otras que alma. y
otras, cuando se siente más epxótica, dice que samantha.

sí, el lauro sabe de amor pese a que le caga el amor;
        qué le vamos a hacer.
así, el lauro se pasea del trabajo a la vagancia,

del desempleo a la chamba,

de la indigencia al techo,

de la adicción a la abstinencia,

de la mugre a la regadera y de la soledad al amor. quizá por eso el lauro es quien dirige la orquesta y da instrucciones de quién baja las cajas y quién estaciona el tráiler y quién carga y quién echa aguas en la esquina. pese a que esta vez el centinela valió verga porque la policía cayó por la esquina contraria y sin sirena ni luces ni ruido de motor.

lo bueno es que sólo es una patrulla y dos policías. lo bueno es que se acercan como conocidos, como gente de casa, como gente de calle, como gente decente y van directo al lauro como si fuera su primo, su broder, su carnal y algo le dicen, y él asiente, y saca de la bolsa del respaldo de su silla de ruedas un papel que los policías alumbran con su lamparita y también asienten. y al chaparro le vuelve el alma al cuerpo porque por un momento pensó que les había caído la voladora y de aquí al fresco bote, y mejor se fue haciendo chiquito chiquito hasta esquinarse entre las ruedas del tráiler con ganas de disminuirse más aún, más todavía, hacerse una cascarita para desaparecer entre la basura de la calle de república de cuba para que a la mañana siguiente me recoja el barrendero y me vierta en el camión y me lleve al tiradero de chalco y ahí me aviente entre los desperdicios de esta ciudad mía, culeros, de nadie más. ser un desperdicio perdido entre los desperdicios de esta ciudad que todo vuelve a usar una y otra vez hasta que se te deshacen las cosas en las manos.

y ahí quedaría el chaparro, muerto, pero a salvo entre la basura del de·efe aunque para entonces quizá ya le hayan cambiado el nombre pese a que nadie,

nunca,

se lo podrá cambiar.

el salva no. él empuñó su navaja en el bolsillo y peló los dientes y los ojos y vayan a la mierda, pana, yo no regreso a prisión. y pensó en su hija muerta, y en el filo del machete que la desmembró, y en el hijo de puta que empuñaba ese machete, y en los ojos del diablo cuando se lo topó a lomos de la bestia, y sólo espera que se le acerque un puerco de aquellos para rajarle la garganta y salir corriendo, seguir huyendo porque su destino es huir.

porque la huida es la única forma de vida.

porque huir es la única manera de seguir vivo.

huir, correr, no detenerse hasta que los pulmones le revienten dentro y deba parar para morir.

pero ni lo uno ni lo otro:

ni el chaparro se convirtió en basura ni el salva tasajeó a ningún puerco.

los polis se acercan al lauro como familia, tratan al lauro como familia, le hablan al lauro como familia, fuman con el lauro como familia; hasta se ríen, hasta bromas hacen los liendrosos, hasta se podría uno imaginar que son gente buena, o gente nomás. hasta podría uno pensar que son capaces de tener mujer, hijos, carnales, cuñados, amigos de la escuela donde cursaron la primaria.

luego apagan su lamparita, apagan su cigarro, chocan las manos, se suben a su patrulla y continúan con su rondín, a oscuras y en silencio,

como bribones.

el dios·vivo

el salva nunca había sido feliz hasta que llegó con el escuadrón. antes de eso, pura recia, pura carroña. primero tuvo que pelearse con sus ocho hermanas por un pedazo de bolillo, cuando su madre preparaba un perol de tres litros de agua condimentado con un cuadrito de sustituto de caldo de pollo y párale de contar.

entonces al salva le chillaban las tripas y se iba a dormir tirado junto a todos en una estera como perritos recién nacidos, con hambre y rabia y ganas de largarse.

quizá de ahí le vienen las ganas de huir.

luego le tocó salir corriendo de el salvador debiendo vidas; luego la guerrilla; luego la mala vida en centroamérica; luego cruzar como bestia sobre el lomo de la bestia. luego el devastamiento, el hacerse pedazos las neuronas con activo y tíner y resistol. luego el derrumbarse, soltarse, saber que esta vida es una inmensa bola de mierda, pana, porque aquí el que no pega, paga; y el que no rasga, sangra. saber, hermanito, que la vida es una cicatriz, un moretón, una almorrana.

pero hubo algún tiempo en que el salva fue feliz, o no tan infeliz: cuando conoció a rocío, y más cuando supo que iba a ser madre de un hijo suyo. entonces el salva no lo dudó. lo dejó todo en busca de sosiego. se casó como dios manda y recibió la hostia con sacralidad y creyó, cree aún que dios hizo al hombre y que el reino de los cielos será para unos cuantos, y uno de esos cuantos será él pese a sus muertes y a la manera en que ha vivido y al abandono de su familia y al tonaya y a la coca.

el salva cree en el dios·vivo porque quise y quiero poner mis labios y mi corazón en tu presencia poderosa. danos hombres y mujeres que sepan soñar despiertos en este tiempo tan jodido en sus raíces, en sus burdeles y en sus apariencias.

el salva cree en el dios·vivo porque danos, señor de los mil nombres, dios de nuestros padres, hombres y mujeres que se dejen de mamadas y escondan en el armario de su dormitorio los garfios del miedo que paralizan casi sin darnos cuenta la llama de nuestra libertad, y ponnos alas de perfección en los pies para salir como alma que lleva el diablo cuando la policía nos aceche.

el salva cree en el dios·vivo porque danos, señor de las promesas, hombres·malandros y mujeres·puercas que sepan lo que es amar a dios en tierra ajena y a sus criaturas ajenas también, como yo que soy ajeno en esta tierra ajena. hombres y mujeres grandes que tengan fuego en el corazón y en los huevos y lágrimas tatuadas en sus mejillas.

el salva cree en el dios·vivo porque señor, dios mío, dame alas para levantarme de mi mediocridad y desde el cielo mear sin piedad al hijo de puta que le partió el alma a mi hija y a mi vida.

el salva cree en el dios·vivo porque el frío de la realidad se hace seductor y atrayente, pero sólo en apariencia porque cuando su aroma nos invade por completo y sacia su propósito, nos deja entonces en lo hondo la sed del vacío y en la profundidad de lo incierto.

el salva cree en el dios·vivo porque ¡ay, dios mío, ilumina mi noche con la claridad de tu semblante! ¡ay, señor mío, no te pares en la rosa, ni en la nieve, ni en la montaña, ni tan siquiera en el templo… ven al filo de esta navaja y haremos que tu fuerza nos haga danzar como dos bailarines celestes y perennes!

el salva cree en el dios·vivo y se siente, se sabe uno de los elegidos a la gloria porque recibió la palabra de dios.

porque la ha recibido tres veces.

sálvate

la segunda vez que el salva recibió la palabra de dios
fue con el tercer muerto, justo antes de pegarle un tiro,
 después de haberle sacado un ojo con un desarmador.
el salva recuerda cómo aquel hombre lo miró,
 como un cíclope,
y pese a que sabía que lo iba a matar, en vez de mandarlo
a la mierda o culparlo o maldecirlo, le dijo con voz que-
dita, pero que el salva sintió adentro, no en el oído sino
adentro de él. en el pecho, en el estómago, en las venas,
sintió clarito cómo aquel muerto le dijo:
 «sálvate».
desde entonces el salva decidió que sería salvador y no
renán, como es su verdadero nombre. y desde entonces
también el salva sabe que haga lo que haga es por obra y
gracia del señor, y que sus muertes no son pecados sino
penitencias, y que el reino de los cielos es para él y que

ahí lo espera su hija desmembrada por el hijo de puta que lo buscaba,

lo buscó,

lo busca aún pero no al salva sino a renán, y él ya no es aquél sino éste.

en aquel tiempo, el salva era renán y era feliz. con la boda, con el sagrado sacramento, con la santísima comunión, con la fiestecita humilde que organizaron en su vecindad, con el presentimiento de su hija latiendo en el vientre de rocío.

pero volvió lo otro: lo podrido, las putas deudas, las jodidas deudas, las malparidas deudas que se hacen insoportables cuando lo que debes no es dinero sino vidas.

volvió lo otro: el recuerdo del mala·madre que soy y que no dejaré de ser nunca. el trabajito que le encargaron y no rechazó porque eso es lo que sé hacer, eso es para lo que sirvo. entonces fue inevitable: volvió lo que había dejado y se hizo más grande lo que no había podido dejar:

el alcohol, el cristal, la piedra.

y te enseñaron a matar

la vida del salva siempre ha estado cruda. ni sancocha-
da siquiera: cruda. siempre ha sido más culera que livia-
na, más sucia que cristalina, más espinosa que lisita. la
primera vez que recibió la palabra de dios fue cuando
era morro. si hiciéramos un esfuerzo, lo podríamos ver,
corriendo entre los tinacos de su vecindad, huyendo ya,
saltando de azotea en azotea, de casa en casa. podemos
sentir acaso el esfuerzo de sus piernas, de sus músculos,
de su corazón, el golpe de la sangre en el pescuezo y los
chorros de aire saliendo por las narices. si prestamos
atención, podríamos escuchar, incluso, ese susurro que
acompaña a la carrera, ese mascullar, ese retorcedero de
palabras que salen de la boca del salva mientras corre:
　　reza.
sí, va corriendo y rezando, huyendo y rezando porque es
un hombre de dios y dios todo lo puede, y el salva cree
en su sangre y en su sacrificio, y si no me agarran, dio-

sito, te juro que no vuelvo a robar y tú sabes que es por una buena causa y dejo la coca y le compro la despensa a mi mamá, pero sálvame, ampárame, líbrame. y salta entre tinaco y tinaco, se desliza por un techo de láminas, se hace chiquito y se escurre por una rendija hasta un hoyo diminuto entre dos bardas y espera,

con el corazón en las orejas espera,

respirando sin respirar espera.

escucha allá afuera las mentadas de madre, las maldiciones del batallón que lo persigue porque al salva se le ocurrió robarle marihuana a un soldado

y fue ahí donde la puerca torció el rabo,

fue ahí donde se vino abajo la operación,

fue ahí donde todo valió verga,

fue ahí donde, hemos dicho ya, por primera vez recibió la palabra de dios.

llegó en forma de rata, dice el salva. rata caminándome sobre las piernas, sobre la panza y yo sin poder moverme, sin poder siquiera sacudir un poco la pierna para que se alejara. aguantar vara, pana, qué le vamos a hacer. porque o te aguantas con la rata encima o te acribillan a tiros, ya que el soldado resultó ser guerrillero.

y la rata sube por la pierna, olisquea las costillas, es su territorio y tú estás indefenso, ella lo sabe, sabe que no puedes moverte, sabe que estás a su merced. y te huele, te mordisquea quedito, se te trepa al hombro y te pega la nariz en la oreja, fría, húmeda, asquerosa nariz de rata blanca.

te va a morder.

lo sabes.

y sabes también que si lo hace, tú tendrás que desmayarte antes de gritar, antes de emitir siquiera un gemido. te preparas, estás listo para resistir, pero en vez del mordisco vienen la palabra, pana, clarita, salida de la rata hacia ti, viene la palabra en un chillido de la rata, la palabra que crea realidad, la palabra como piedra que da noticia y certeza, la palabra que hace que las cosas sucedan:

«sálvate».

y tú te quedas callado, atónito, absorto, perplejo, pendejo, estupefacto por el alcohol y la marihuana y la carrera de más de media hora y las voces del batallón que se van acercando, y viene la palabra otra vez:

«sálvate».

y sabes ahora —quién sabe cómo; quién sabe por qué— que salvarte es entregarte. así que mueves el cuerpo para salir de esa pinche grieta hedionda y quedar solo frente al batallón,

solo pero sin miedo,

solo pero con dios.

sin embargo, no sucedió lo que esperabas: ver a todos arrodillarse delante del hombre·de·dios; verlos caer sueltos como listones delante de los preciosos ojos del señor; escuchar sus súplicas hablando del milagro; agachar la cabeza ciertos de que esa luz que emanaba de tu cabeza no era otra cosa que la luz de lo divino.

no.

lo que sucedió fue lo otro, aquello que apenas eres capaz de recordar porque los años y las drogas y las muertes se han ido encargando de borronear. lo que sucedió fue que te cachetearon, salva; te rompieron el hocico con la cacha de su pistola, te cocieron a patadas cuando caíste después del culatazo en el estómago, te sumieron dos costillas, te arrastraron hasta el monte, te aventaron en un pinche catre donde estuviste lidiando con los delirios de la fiebre durante tres días hasta que una mujer te curó la sed con un pañuelo y te arrimó un trago de aguardiente, una calada de cigarro y un plato de sopa. te reclutaron, salva, con tus apenas once años te reclutaron, te pusieron un fusil en las manos

y te enseñaron a matar.

te enseñaron a matar.

una hilerita de hormigas

en la esquina de bolívar y san jerónimo, el lauro atiende. a todos. al escuadrón y a los clientes de verdad. a sus
conectes y a sus putitas. al hijo del chaparro que de vez
en vez le pasa a dejar tres bolillos, una lata de frijoles y
cien gramos de jamón. entonces el chaparro se esconde, se arrincona, se hace pendejo porque ya decidió hace
años que su hijo no es su hijo y que su mujer tampoco y
que nada de lo que ellos ofrecen él necesita. lo ha com-
probado ya. varias veces.

la última vez que lo rescataron de la calle estuvo
haciendo las cosas bien, o más o menos bien.

lo intentó.

neta lo intentó.

con toda su voluntad, con todas sus dudas. con todo su
fervor pese a que es de fe muy delgada. lo intentó el chaparro. neta. se levantaba temprano para hacer el desayuno, lavaba sus trastes, tendía sus camas, hasta cocinaba

unos huevos fritos o un caldo de pollo o una sopita de sobre.

le echó ganas el chaparro. neta. se bañaba cada tercer día, a jicarazos pero se bañaba. y después de bañarse le dio por sacudirse como perro, sin secarse.

o bien le cagaba la sensación de la toalla rozando su piel, o bien le divertía sacudirse de cabeza a pies como un golden retriever.

el pinche chaparro se sacudía como animalito y ahí, quizá, estaba contenida toda la naturaleza de la calle. todo el significado de la calle constreñido en ese gesto:

el chaparro sacudiendo el cuerpo después del baño como oso después del río.

y sonríe el chaparro. sonríe al sentirse un oso, una nutria aunque ni las nutrias conoce. las ha visto en la tele, eso sí.

sonríe sin dientes el chaparro y piensa, desde la bondad donde se encuentra, que debería arreglarse el hocico. fue perdiendo la dentadura de tanto destapar caguamas y tanto tabaco y tanto putazo que da la calle hasta quedar chimuelo de casi todos los de enfrente. pero le vale verga al chaparro. le importa un pito cuando anda de briago porque a los borrachales lo único que les importa es conseguir

y luego consumir

y luego conseguir

y luego consumir

y luego conseguir
y luego consumir
y así hasta que se te pudra el cuerpo como a mí, carnal,
que ya se me está fermentando la pantorrilla.

así que, desde la bondad donde se encuentra, el chaparro atrapa en su cabeza el pensamiento de arreglarse el hocico y casi suelta la carcajada. «deja de pensar pendejadas, chaparro», se dice él solito: «al rato vas a querer operarte la nariz, o ponerte nalgas, o hacerte la operación jarocha», y justo entonces una ráfaga, una raya de cocaína, un relámpago le truena dentro y piensa en la güera que no es güera sino güero y hasta suspira. algo le rasga las cuerdas de arribita de la pelvis. pero se aguanta el chaparro. le echa huevos y vuelve a la idea de arreglarse el hocico con un dentista. así se pasa la mañana entera, mirándose las encías pelonas frente al espejo del baño.

el pedo es que luego le vienen las tardes. llenas de tedio las tardes largas como la fila de los bancos. aburridas las tardes delante de la tele y sus estúpidos programas de gritones y lloronas. «más estúpidos que uno», piensa el chaparro y también piensa que eso es ya mucho decir.

con todo, eso no es lo peor, sino las noches. o más bien el momento de irse a la cama.

ese ratito en que después de un día de trajín te
desnudas,
dejas todo el disfraz aventado en el suelo
y te sientas en la orilla de la cama,
en calzones,
sin antifaz,
tú,
solito tú,
exactamente tú.
y sabes que tu sitio no es ése, chaparro. que todo es una
pendeja mentira. que finges al comer, al bañarte, al ir al
escusado, al tirarte pedos y al reírte frente a la tele. sabes
que finges al besar a tu mujer, al acariciar a tu hijo. sabes que todo eso es mera apariencia porque tu naturaleza es de treinta y ocho grados hacia arriba. sabes que
jugar a la casita termina cuando el juego de jugar a la casita termina.
        y este juego se está quedando sin fichas, chaparro.

sin embargo, el chaparro le echa ganas. quiere quedarse en su casa, barre, arregla su cuarto, tiende su cama.
besa a su mujer como si la quisiera, le compra unas mar-
garitas en el mercado, pone sus frijoles, hace como que
siente. trata, trata de tratar de sentir hogar.
        pero la calle es difícil de sustituir:
        algo tiene el ruido, el olor a alcantarilla, algo que
te somete, se apodera de ti.

algo tiene la tiniebla que te sujeta desde adentro, mucho más adentro, en el mero centro de tus órganos y del cosmos de tu sistema nervioso central.

pero aun así el chaparro se aguanta. se pone su saco y sale a buscar trabajo. llena solicitudes en el oxxo y se mete de cerillo en aurrerá. se gana unos clavos el chaparro. llega a casa de noche, cansado y harto como godínez, se tira en el sillón desvencijado y enciende la televisión.
     y ahí mero le vuelve otra vez la oquedad.
     la falta.
     el desacompletamiento de uno.

sin embargo, el chaparro le echa ganas. medio plancha una de sus tres camisas y al otro día se levanta y se va al jale. pero al rato llega la tarde y la noche agarraditas de las manos,
     y luego el baño
     y luego la sacudida de perro.
y junto a la sacudida de perro, decíamos, viene el recuerdo del escuadrón, el ojitos, el lauro, el salva, la güera que es güero, pero él la quiere como si fuera güera de veras. todos ellos, como perros que valen menos que los perros fifís del centro histórico, vienen a decirle te extrañamos, chaparro, vuelve. no voltees bandera. perdona nuestras

ofensas, chaparro, como nosotros hemos perdonado tus impertinencias, tus bascas, tus guacareadas, tus gargajos, tus temblores, tus delirios. y al chaparro se le ablanda el alma, se le antoja remojarla en tantito tonaya, disolverla tantito, efervescerla como alkaseltzer. «quiero chupar», se confiesa, «no aguanto esta mierda de vida». y llora el chaparro.

en seco llora, pero no le salen lágrimas porque llora en seco.

quiere cantar y no siente.

no puede.

se le atoran las canciones en la panza y nomás no salen.

extraño esa anomalía, mijo —le confiesa a su hijo—, esa revelación de saber que todo, absolutamente todo vale verga. esa certeza de entender que por fin has encontrado algo que vale la pena en mitad de todo lo que no vale la pena. y su hijo lo tilda de idiota, de loco, de borrachín.

y el chaparro entiende que no lo entienden porque ni siquiera él se entiende.

sólo sabe, tiene la certeza de que este mundo de la gente·de·bien no es su mundo,

porque él es feo,

él es envoltorio del pan caliente, pero no el pan caliente.

pero pese a todo, el chaparro le echa ganas, es tenaz, sacude la cabeza y abraza a su mujer repitiéndose que ahí está bien. «quiérela, rigoberto», se dice, «quiérela». y antes de caer definitivamente en el sueño, viene ese zumbido en forma de pensamiento que le dice: «quiérete, chaparro, vuelve con el escuadrón».

así que una maldita mañana, mientras lavaba los trastes, nomás de repente descubrió en la pared una hilerita de hormigas que salía de detrás de la estufa y se perdía detrás de la alacena. una hilerita de hormigas afanosas, caminando sin perderse, ordenaditas todas ellas.

y el chaparro queda absorto, mirándolas. y siente unas inmensas ganas de llorar, pero sabe que no puede porque sin tonaya llorar es de putos. ni se percata siquiera de que tiene aún la esponja con la que enjabona los platos en la mano, escurriéndole.

mientras las hormigas siguen ahí,

una detrás de otra,

chambeando,

ensimismadas y secretas,

unidas todas pero solas.

ni se percata el chaparro de que sale de casa, atraviesa su barrio, sube al metro, se cuela en el torniquete, transborda en balderas, baja en isabel la católica, sube las escaleras, sale del metro

y entra a la calle,

a su calle.

ni siquiera se percata cuando ya está con un tonaya en las manos junto al lauro y al ojitos. ni siquiera se da cuenta de cuando le entran las ganas de ver a la güera que no es güera sino güero. ni siquiera se percata de que no ha soltado aún la esponja con jabón.

horas después, ya en el espejismo del tonaya, el ojitos le preguntará con su voz de zipizape que tiene:

—¿y esto qué chingados es, chaparro? —y le arrebatará la esponja que aún estruja en la mano.

«no sé», dirá el chaparro, «será para limpiar las botellitas de tonaya», y soltarán una carcajada enardecida que llenará con su eco todo el centro histórico de esta ciudad suya mientras en casa las hormigas seguirán en su labor de recolección,

afanosas,

ensimismadas y secretas,

chambeando.

doscientos cincuenta mililitros de felicidad

la última vez que el salva recibió la palabra de dios fue
ya en méxico, en este de·efe que cómo chingan con el
nuevo nombrecito. pero se la van a pelar, culeros; se la
están pelando, piojosos:
de·efe es y de·efe seguirá siendo.
y aquí mero fue donde el salva tropezó con dios y su
palabra, en el hospital donde cayó a trabajar como
lavandero, después de comer bichos de monte, después de ser obligado a violar en la guerrilla, después
de cruzar centroamérica, después de las muertes y los
tatuajes en la mara, después del hambre y las putizas
sobre la bestia,

después de vivir en las vías, después de sobrevivir a la policía fronteriza, al gobierno y su séquito de obesos de oaxaca, al calor de las balas de veracruz, a las caras de fuchi y la megalomanía de puebla. después de rajarse la madre, pana, una y otra y otra y otra vez con uno y con otro y con otro y con otro, después de todo ese choro vine a dar a este de·efe que me abrió sus piernas y me lleno la boca del tonaya que le gotea por el coño.

muchos golpes, miles de golpes. algunos recibidos y otros dados. en las costillas y en la cabeza, en el hocico, en los huevos. una y otra vez el faje, la achicalada, la putiza para defender o para conseguir. para no permitir o para agandallar.

con blancos, prietos, altos, negros, gordos, maloras,

y bien maloras,

y bien pinches maloras.

verdaderos hijos de putas, como yo, pana, como a mí me fueron haciendo desde chiquito.

—¿quiénes? —pregunta el lauro sentado en su silla y escuchando el relato atento, sincero.

—ellos. todos. todos ellos —dice el salva y sorraja otro gargajo antes de empinarse la botellita de tonaya que esta mañana taloneó en la tienda de isabel la católica esquina con san jerónimo.

en esa tienda donde al salva ya le fían. a huevo pero le fían. bastó con enseñar una vez bien pedo su navaja para que luego luego el dependiente flaquito, de no más de dieciséis, le dijera agarra tu pinche tonaya y llégale a la verga, pinche briago. y él, obediente como es, agarró sus doscientos cincuenta mililitros de felicidad

y se fue a la verga,

que es de donde vino,

que es de donde nunca debió haber salido.

ramiro ortega serán

hubo una tercera vez, decíamos, en la que el salva recibió la palabra de dios. en méxico, decíamos, en el hospital de la raza, donde entró a trabajar por obra y gracia del señor. porque un día que despertó tirado en el estacionamiento del hospital, quién sabe cómo un vato le pidió que arrimara esas pinches cajas hacia el otro lado de la bodega y que le diera una barrida. y el salva se puso trucha y las arrimó, las acomodó y le dio una barrida a la bodega. y al otro día tempranito ya estaba ahí esperando al mismo vato para que le hiciera más encargos. y sí, ahora que le echara una lavada a esa nave y a este bocho y a esta ambulancia. y así, día tras día, hasta que el salva consideró que ya estaba cerca la quincena y le dijo al jefe: «jefe, como que ya me merezco una propina, ¿no?», y el jefe casi lo manda a la chingada porque ¿además de tu sueldo quieres propina, pendejo?

—pero si ¿cuál sueldo, jefe? no ve que no trabajo aquí. si ni de aquí soy.

y al jefe que se le va convirtiendo el emputamiento en remordimiento y que saca veinte varos. y a los quinces días, un tostón; y al mes, un cien; y como a los tres meses que le llega con una credencial del imss sellada, rellenada, refrendada pero sin foto, para que te saques un retrato donde salgas presentable y se lo pegues y te presentes a trabajar el lunes tempranito, ramiro.

—no me llamo ramiro, jefe, me llamo renán.

—te llamabas, ¿qué no ves cómo dice tu identificación?

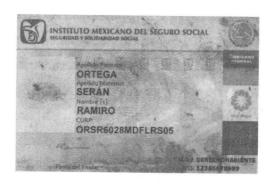

y el salva dejó de ser renán otra vez y ahora ni salva ni nada, sino ramiro ortega serán, que quién sabe de quién serán esos apellidos en realidad y de quién ese nombre.

—seguro de un difuntito —vuelve a intervenir el lauro desde su trono con ruedas.

—y qué más da —dice la güera.

—y qué más dio —es el salva quien da por terminada la conversación porque el tonaya ya les cansó el caballo y ya están medio dormidos medio despiertos y ya les está dando para abajo y lo que empiezan a querer es un rincón donde dormir la peda que traen encima.

el lauro los ve caer, uno a uno, lentamente y él desde su trono con ruedas nomás asiente como si viera cómo su ramillete de hijos se va a la cama y se sumerge en dulces sueños. y él, maternal, les da su besito en la frente, los cobija y se da la media vuelta en su silla y se aleja en silencio sabiendo que sus hijos duermen en santa paz.

aventados en la banqueta, pero en santa paz.

a nadie le importa, sin embargo, que el salva no haya revelado la tercera vez en la que recibió la palabra de dios, o la tercera vez en que dios le dio su palabra. quizá pensaron que ese hombre que le cambió el nombre era la palabra de dios hecha jefe de mantenimiento;

o que la palabra de dios había reencarnado en una pinche credencial del imss.

un mapa de cicatrices y tatuajes es el salva

así le cayó la noticia al salva de que el destino llegó con su cara de sicario a rajarle el alma con un machete. lo malo fue que ese machetazo no se lo dieron a él, sino a su hija de nada más tres años. eso fue lo malo, porque si se lo hubieran dado a él, se habría acabado la rabia con todo y perro, pero como se lo dieron a su hija, el perro se volvió peor de perro y desde entonces ya no hay vida que valga cuando se decide. desde entonces, también, el salva anda hueco,
  deshabitado,
  un manojo de piel y huesos tensados por un puño de nervios y músculos es el salva,
  sin órganos, sin pulmones es el salva,
  sin riñones, sin sistema digestivo, sin corazón.
  una hendidura es el salva.
  un puño de lava.
  una orilla.

una rendija por donde no pasa la luz.
un gruñido.
un retortijón.
un ansia donde sólo caben las rocíos, la viva y la muerta, y el hijo de puta que le destrozó el alma.
un mapa de cicatrices y tatuajes es el salva.
un baño de central camionera todo pintarrajeado.

un eco de voces que retumban en su cerebro y que sólo se apaciguan con tonaya. mucho tonaya. harto tonaya. litros de tonaya que lo inunda, lo colma, lo deja flotando plácido y calientito en una nube de cagada.

pero también es latigazo el salva. y una vez con aquella morena fue deseo, esperanza, posibilidad. pero duró poco porque las cosas buenas en la calle duran poco.

aquel día había llegado temprano a la chamba. había checado su tarjeta de ramiro ortega serán, había barrido su bodega y le había pasado el trapo a tres coches del jefe. había encomendado su día a dios y mentalmente había hecho cuentas de sus ahorros para ver si ya le alcanzaba para volver o todavía no.

el salva quería regresar.

con las rocíos que entonces eran dos y por ambas sentía eso que no se sabe decir, sino sólo sentir: eso raro, recio, fibroso y frágil. las tuve que dejar sin quererlas dejar. o sí, porque estar cerca de mí era estar en peligro de muerte. sin exageraciones, pana, peligro de muerte porque las muertes que yo debía eran de gentes de muy mala·madre: la guerrilla, la mara, la policía. que al final son los mismos: nomás se van aburriendo de ser maras y se vuelven polis, y luego guerrilleros y luego vuelven a la mara otra vez. y así andan, primero policías, luego guerrilleros, luego maras, luego guerrilleros otra vez, luego otra vez policía, luego soldado, luego mara una vez más. así andan de sueldo en sueldo, según quien pague más. así primero matando maras, luego matando polis, luego matando cuicos, luego matando guerrilleros, luego matando policías otra vez.

lo malo es que salpican, pana, salpicamos.

y en cada enfrentamiento nos desgraciamos a uno que otro que nomás no tenía nada que ver ni con unos ni con otros. ahí andamos desgraciando vidas que pasaban por ahí, que estaban mal·metidos en esa cantina, que se les ocurrió salir a comprar el pan a esa hora, que volvían de su chamba, que acababan de dejar a sus hijos en la escuela, que se detuvieron en el oxxo a comprar chelas, que esperaban el semáforo en verde.

lo malo es que salpicamos, pana,

desgraciamos a aquellos que no debíamos desgraciar…,

pero qué le vamos a hacer. aquí la verga es cuadrada y la lumbre se come a puños. qué le vamos a hacer.

pero esa mañana, para su mala suerte, se sentía optimista, hasta contento. y el salva sabe que lo contento te lo quita la vida de un putazo y ya, cállese cabrón, quítese esa sonrisa idiota de la jeta.

las cosas buenas en la calle duran poco, repito; las cosas buenas en la calle son pura irrealidad, como que pasan, pero la neta no pasan, nomás ves su reflejo, su estela, el polvito que dejan detrás de sí.

y dicho y hecho: el salva termina de lavar un coche, enciende el primer cigarro de la mañana y un recuerdo le atraviesa las orejas, un recuerdo le pasa por enfrente de los ojos, despacio, bombachón, el recuerdo le camina de una pupila a otra.

así que sale a la calle, busca una cabina telefónica y marca el número de rocío.

después de besos así
nadie es capaz de detenerse

la güera tiene recuerdos. recuerda, por ejemplo, abrir los ojos dentro de un coche y descubrirse de cabeza, toda torcida, revuelta entre el amontonadero de cuerpos, el desmadre de papeles y casets, el ruido de ruedas girando, el goteo de alcohol, sangre y gasolina, los quejidos de los otros que viajaban con ella. la güera recuerda el olor a quemado, el retorcedero de láminas y esa puta canción que, pese a la volcadura, no dejó de sonar en el estéreo:
árboles de la barranca
por qué no han reverdecido.

por eso llora.
  por eso llora cuando la escucha.
  por eso llora cuando le pide al chaparro que la cante y la escucha.
por eso llora ahora en el callejón mientras el chaparro se la echa, a capela, porque hemos dicho ya que en el

callejón no hay guitarras. se la canta a ella solita porque el resto del escuadrón clavó el pico, y ya están aventados a media calle como cáscaras de plátano. se la canta porque la güera se la pidió: «cántatela, chaparro. no seas ojete». y el chaparro se la sorrajó, se la está sorrajando. y ahora que la güera llora el chaparro llora también, cantando llora. se le contagió el sentimiento de la güera, y al ver sus lágrimas soltó sus lágrimas, las de él. se abrazan y lloran y dejan de cantar para llorar a gusto. medio dicen *árboles de la barranca* entre sollozos. se abrazan y se sienten, se tocan muy de cerca, se dan las manos y se juntan los cachetes para que las lágrimas de uno se revuelvan con las lágrimas de la otra. se abrazan cabrón, como si de veras. se sienten cerca, neta hermanos, se quieren, se toman de las manos y entrelazan sus puercos·dedos; luego se sueltan nomás para abrazarse, para sentirse, para tentarse. se saben solos en el callejón. se sacuden a sollozos y se apachurran uno al pecho de la otra. andan bien pedos desde hace días y andan locos de llanto. se acurrucan una en los brazos del otro, se apapachan, se curan eso que les duele. se aprietan en serio hasta que el llanto se les va convirtiendo en sollozo

y el sollozo en resuello

y el resuello en jadeo

y comienzan a mordisquearse las orejas; y se jalan entre sí, como si quisieran perderse en el otro, meterse en el otro,

abrirse para que entre el otro.

se llevan las manos a las nalgas y se testerean. se dejan de pendejadas y se besan hondo, largo. se ensalivan los labios, el pescuezo, las orejas. se pierden en la madrugada del callejón y en las sombras de ese datsun abandonado. abren la puerta a trompicones porque ya se les metió la urgencia, porque después de besos así nadie es capaz de detenerse. entran al coche y sienten que es un hotel,

un hogar,

una esperanza,

un avión,

una mañana,

una nave·espacial que los va a arrancar por fin de este puto·pútrido·puerco·mundo. se arrancan la camisa, de plano se encueran, se retuercen en el aliento del tonaya y en la bendición de tener la verga bien parada.

se hacen bolas queriendo mamar y ser mamados.

se besan los labios sucios.

se meten los dedos sucios.

se resquebrajan.

sienten cómo les retumba el corazón en el escroto.

—tengo los huevos llenos de amor —dice la güera con la boca del chaparro en su boca.

—échamelos —dice el chaparro—, no los tires. échamelos adentro.

y el chaparro se empina y se abre de patas.

y la güera lo agarra de las caderas y lo penetra, se la deja ir.

y el chaparro se retuerce.

y la güera lo apaña machín, le da duro.

y el chaparro se sujeta del tablero, de la palanca, del freno de mano, de la puerta del pinche coche desvencijado que rechina al ritmo de las embestidas.

y ambos por un momento saben que toda la noche del de·efe se llena,

se colma de su olor a sexo, mugre, alcohol y saliva.

y la güera se enerva, se violenta, se siente viva.

y el chaparro se masturba, se la jala recio, se entrega entre gemidos.

y la güera suda, bufa, resopla como buey enfermo.

y el chaparro aprieta las nalgas y más se la jala, se la frota con rabia.

y la güera cierra los ojos para escuchar el golpeteo de su pelvis en las meras nalgas del chaparro.

y el chaparro se tuerce cuando se viene sobre la culerísima y hedionda vestidura del asiento.

y la güera se vacía, y entre temblores, por un momento, piensa que sí, que tiene sentido; y en los últimos latigazos de la eyaculación

le viene nítido el recuerdo

—porque la güera recuerda, lo hemos dicho ya—
de una mujer desnuda
acuclillada delante de él,
bañada en semen,
mirándolo.

caminando como lázaro

así los vino a encontrar el lauro: encueradotes dentro del cascarón del carro abandonado, nomás cobijados por la noche. fue la güera quien picó la salsa, escuchó unos pasos y alzó la cabeza: era el lauro.

caminaba.

era el lauro y caminaba.

con sus dos pies.

sin su silla de ruedas y con una fusca en la mano. se toparon las miradas y los dos entendieron que hay secretos que se deben mantener en secreto si es que se quiere seguir vivo. como si el lauro le hubiera dicho a la güera que lo había torcido bien pinche joto en los brazos del chaparro; y como si la güera le hubiera dicho al lauro que lo había torcido sano de sus patas, caminando como lázaro.

pero llevaba ventaja la güera, porque en la calle ser joto es cosa de cábula y de risa, además ya todos más o menos sabían que le gustaba el arroz por seco y el macarrón por hueco; pero andar diciendo que no caminas cuando sí, es cosa más seria.

a la raza no le late que la timen,
no así de gacho,
no así por años.

así que si el lauro rajara, lo único que le pasaría a la güera sería recibir más carrilla y tendría que aflojar más las nalgas. pero si la güera rajara, el lauro sí tendría pedos.

serios pedos.

con la poli y con la gente del barrio, pero sobre todo con el escuadrón·de·la·muerte. dejaría de ser el chido, dejaría de ser el jefe, dejaría de ser guía, dejaría de decir cómo es.

eso piensa el lauro y se frena. ya iba caminando hacia atrás, despacio, ya había calculado el pedo y se había dado cuenta de que los dos, él y la güera, estaban amarrados al mismo tlacuache muerto y echado a perder.

pero se frena porque se acaba de dar cuenta de que su secreto está más peor que el de la güera. se frena porque se acaba de dar cuenta de que la ventaja es grande y el chantaje puede estar culero. se frena porque si ambos rajan, él saldría perdiendo y al lauro no le late perder. así que mejor empuña fuerte el fogón y avanza otra vez hacia el coche. es una pinches .22, pero no le hace, también hace agujeros.

sin embargo, la güera no es pendeja y ya despertó al chaparro, ya le dijo que se levante, que hay que lanzarse por un tonaya porque

después de coger hay que chupar para olvidarse de la cogida y evitar así los remordimientos.

y mientras el lauro se acerca el chaparro levanta la cabeza. y el lauro mira las dos cabezas que se enderezan adentro del coche y los dos cuerpos que se arremolinan buscando sus pinches mugrosos pantalones.

«me lleva la verga», dice el lauro al percatarse de que no es capaz matar a dos. menos si los dos son del escuadrón, menos si uno de ellos es el chaparro. no le queda de otra al lauro que arrinconarse a la pared en busca de la sombra y escurrirse por la orilla sabiendo que la güera lo sabe.

piedra

nada más conocer la noticia, el salva sorraja el auricular
contra la cabina hasta que
    lo rompe y se rompe,
    se desgarra,
    se tuerce las manos,
    se abre los dedos,
    mancha de sangre por los golpes la cabina entera,
    la patea,
    la destroza porque él está destrozado y le vale
verga destrozarlo todo. alguien a su espalda lo nombra:
¡cálmate, ramiro!, pero el salva ya no es ramiro ni renán
ni nadie, sino un hombre destrozado,
    destrozando,
    destrozándose.
pero el jefe insiste: ¡ramiro, por favor, tranquilo! y el salva reacciona y busca la navaja dentro de su bolsillo y la
encuentra, la sujeta, la aprisiona y camina en busca del

jefe que algo intuye de su odio y recula; y también algo intuye de su desgracia y le estira un puño de billetes antes de salir por piernas. pero el salva no quiere billetes sino a sus rocíos, a las dos que ahora, otra vez, ya nomás es una. se acaba de enterar, se lo dijo rocío bien clarito: vinieron, le dijo, vinieron tres y la destrozaron a machetazos; y el salva sabe quiénes son esos tres. casi puede verles la cara, y gracias a eso se da cuenta de que ninguno es el jefe, y gracias a eso sale rumbo a su cuarto en la guerrero, busca el botecito escondido en una viga del tejabán, entra otra vez a la calle y se dirige a casa del patotas y le pone todos sus ahorros en la mesa y le exige

todo este varo,

todo,

hasta el último centavo de piedra.

y el salva vuelve a su cuarto en la guerrero y se encierra, se siente más solo que nunca, más extranjero que nunca. y el salva ahí odia su acento, su país, este puto mundo. y el salva no tiene huevos para trazar unas horizontales en sus muñecas con la navaja. y el salva no llora por fuera, pero por dentro se destroza, y más piedra y más delirio, y entra otra vez a la calle en busca de alguien para rajarle la panza; pero corre con suerte él y aquel transeúnte que no pasó por ese callejón, así que se queda con las ganas de muerte.

y desde entonces no se le quitan al salva, así que más vale no jugarle, mijos, dice el lauro, porque el salva desconoce, como rotguailer.

quizá por eso el lauro la otra tarde dudó.

—como jesús —dice el chaparro.

—no seas pendejo, chaparro —lo regaña el lauro desde su trono con ruedas—. jesús nunca dudó, eso es un mero chisme que nos han inventado los curas para meternos miedo. lo cierto es que jesús siempre tuvo claro el pedo. sabía que, una vez en la cruz, se lo cargaría el payaso sin que ningún dios, ni chiquito ni grandote, le pudiera hacer el paro. ni aquí ni en el otro reino porque no hay. así de sencillo:

este desmadre aquí comienza y aquí mero se acaba.

el que duda de veras soy yo.

—y por qué dudas.

—porque el salva es mi amigo.

—mío también. eso ya lo sabemos. pero desconoce, ya lo dijiste tú. además ni de aquí es. además, la neta y aquí entre nos, ya me tiene los frijoles llenos de gorgojos, pinches piedrero culerín.

y el lauro piensa en la policía, y en el dinero, y que en realidad él no va a hacer nada, y en los montones de coca que podría comprar y dejar de una vez esta

pinches silla de ruedas que a veces le caga las pelotas, y
en las putitas que tendría por delante...
     o sólo en una,
     la suya,
     la tamara que a veces también se llama frida.

endémicos animales del de·efe

—¡inn·terrr·sexxx·xiooón! —grita el chaparro con su
estrellota al lado, tirando rostro el cabrón, orgulloso-
te—. ya llegó su pedro infante, culeros
        —y sujeta de la cintura a la ricura
mientras la yioryina se contonea y siente ganas otra vez
de dejársela ir al chaparro. toda, hasta el fondo, le dice
al oído pero a gritos
        porque entonayado se borra la diferencia entre el
susurro y el aullido.
al chaparro le gusta la idea y le corren al lote baldío que
hay frente al callejón, pero antes el chaparro rescata
entre el retorcedero de fierros un culito de tonaya que
tengo guardado aquí
        —para las ocasiones es-pe-cia-les, reina.
        —ocasiones es-pA-cia-les, rey —corrige la güe-
ra—, ¿no ves que soy una estrella?
y se anudan otra vez estos bichos de ciudad,

endémicos animales del de·efe.

se ensartan,

se traban,

se revuelcan hasta caer dormidos y vacíos sabiendo que dentro de unas horas vendrá la pálida, el monchis, la recia, la cruda llena de remordimientos a medio recordarles sus joterías, sus delirios, sus mamadas.

y no habrá otra salida más que el tonaya.

porque la cruda está muy tosca en seco.

y ya llegó la realidad sin depilar —toda peluda— a decirle al chaparro que aquí están sus calambres, joven, ¿dónde se los pongo?

y a la güera que nel,

que ella no nació en polanco,

que ella nomás nació en iztapalapa.

el mensajero de los sueños

al lauro lo salva un mensajero.

su mensajero.

un carnal moreno, grandote y pendejo. sin ofender, nomás diciendo la verdad. buena gente el wey, o sea pendejo. a cada rato, cuando llegamos al cantón del lauro, ahí está el rubencito. así le dice y a mí se me hace que se andan apretando las tuercas. al lauro siempre se le han antojado los huevos de doble yema. siempre ha tenido esa propensión a lanzar la piedra y ponerse de diana. desde chiquito el lauro bateaba y corría a tercera. pero su jefe era culero el don y a punta de chingadazos le señalaba su pililinga, y esto que te cuelga es lo que te hace hombrecito, mijo. con esto haz de demostrarle al mundo lo que vales. qué importa que las piernas no si el pito sí, mijo. y al lauro se le enterraron esas palabras en los huevos y helo aquí, muerto de ganas de comerse a su mensajero, pero regañándose por dentro porque a los jotos los muelen a palos, mijo;

a los jotos se los carga la verga, mijo;

a los jotos los desprecia la gente, mijo.

—mi carnal, el rubencito —dice y se ve luego luego cómo pone la misma cara que cuando habla de la brenda o mariajosé o blanca o llámese como se llame.

rubencito es canta·autor. toca en fondas, en pulquerías y cantinas. su instrumento se llama *la escandalosa* y en su tarjeta de presentación se puede leer su nombre:

así, con hartas mayúsculas para que se vea mayúsculo aunque sea nomás en el nombre. grabó dos discos en honduras y luego ya no. no sabemos porqué descalabros del azar vino a parar a esta ciudad que se entercan en cambiarle el nombre, pero que para rubencito también seguirá siendo de·efe y chinguen a sus madres todos.

es un mensajero, carnal, dice el lauro. llega siempre en las madrugadas, bien pedo, aún con un par de canciones atoradas en la garganta y se las echa aquí, a mi lado. se me salen las lágrimas nomás de escucharlo. neta. y la gloria, cuando está conmigo, suelta las de cocodrilo también. hasta mis perros entienden: se callan y descansan el hocico en el suelo, tristes.

    todos tristes.

    perros y gentes.

todos tristes escuchando al mensajero de los sueños porque nadie aguanta tanta estúpida·melancolía·estúpida en una sola canción. pero te alivia el rubencito, neta, no por nada le dicen como le dicen. te alivia y sueñas. cosas bonitas sueñas; como que un día va a venir televisa a pedirme el depa para hacer una película del bludemon; o que un día el gobierno de esta ciudad de lumbre nos va a hacer caso y va a poner por fin unas regaderas públicas en la esquina del callejón para que no ándemos tan mugrientos; o que un día la violeta se quedará viendo las grietas del techo y decidirá no irse más. cosas bonitas sueñas, carnal. neta. como que te proponen un bisnes y serías muy pendejo, pero muy muy pendejo, pendejísimo si dijeras que no.

    más si la propuesta viene de la poli.

    más si te va a dejar una buena lana.

    más si hasta casi le van a hacer un favor a ese pobre wey que se muere de ganas de morirse.

cosas bonitas sueñas escuchando al mensajero, broder.

como que tu conciencia queda chimuela y así ya
no te muerde;
o se le achatan las entendederas y así ya no te
jode;
o se le tapan los ojos y así ya no te mira.

pese a que el mensajero de los sueños huela a perro
mojado siempre, o casi siempre, el lauro lo hospeda
de vez en vez. sólo de vez en vez porque aquí la raza se
mueve.
no hay comuna, carnal.
pero el mensajero ni bulto hace: entra al depa, le da dos
o tres vueltas a su tapete y se echa enroscado, metido
entre perros y latas y cartones y ropa sucia y colillas de
cigarro. y si encuentra algún perro echado en su tapete,
nomás le gruñe y el cabrón entiende que llegó el mensajero y se tiene que abrir a la verga:
hasta entre perros hay jerarquías, carnal.

pero a los pocos días el mensajero se va. aquí las cosas se
evaporan, como el solvente. nomás te apendejas un poco
y esto ya no es esto, y aquello ya no es aquello.
aquí las cosas se diluyen y lo que estaba ya no está.
aquí la vida lleva prisa y el tonaya borra los lindes
de los días: comienzas a chupar un lunes y al día siguiente ya es jueves.

aquí llegas en marzo y horas después ya es junio.
aquí la vida se disuelve.
aquí la gente se va borrando.
aquí nada es para siempre y siempre significa tres
meses.
    nomás.

dos cosas

hay dos cosas verdaderamente podridas en este planeta.
dos por encima de todas. dos neta de la verga. pero neta
pútridas, hediondas. dos que a su lado todas las demás
se ven chiquitas.

    —cuáles, salva.

    —las fronteras y las gentes.

la tira

jaime téllez. ése es el pendejo nombre que le tocó al tira que talonea cada tercer día al escuadrón·de·la·muerte.

valiendo verga el nombre: anodino e insignificante como pelo de nariz.

valiendo verga el poli igualito que valiendo verga el nombre: jaime téllez.

el tira sabe que andar de malandro en el barrio es cosa seria. a los del escuadrón les tiene asco. ni miedo ni respeto ni caridad,

asco.

bola de teporochos buenos para nada. apestosotes todos ellos. nomás traen broncas los culeros. que si ya se murió un wey, que si otro anda endelirado. que si hay que treparlo a la patrulla porque nadie sabe qué hacer con ellos.

llega la ambulancia, nomás los ve y ahí los deja.

llegan los bomberos, nomás los ven y ahí los dejan.

llega la cruz roja, nomás los ve y ahí los deja.

llegan las oenegés, nomás los ven y ahí los dejan.

llegan los curas, las monjas, los pare de sufrir, los cuartopaseros, los granjeros, los adventistas del séptimo día, los cristianoides, los alcohólicos anónimos, los de salubridad, los de sanidad, los del imss, los de la delegación y nomás los ven y ahí los dejan.

somos nosotros los que tenemos que treparlos a la patrulla y aventarlos tres cuadras más para allá porque es insoportable su aliento a caño y sus efluvios de cosa echada a perder. «hacerlos bolita y echarles lumbre, téllez», dice su superior, «eso debería hacer el delegado y olvidarse de una vez por todas de tanta mierda. nadie les va a llorar. te lo juro. hasta un favor les andamos haciendo. o eso, o cargarles un muerto.

para eso sirven.

nomás.

mira: los apañas, los encueras, los manguereas, los tehuacaneas, les cuelgas una metralleta del pescuezo —no tan pesada para que no se te vayan a pandear—, les ensangrientas las manos y la jeta y les tomas unas fotografías junto a un guatote de mota, de coca y de dólares. luego armas tu conferencia de prensa y que el delegado salga a decir que eran narcos, violadores, curas pedófilos, policías corruptos, narcosatánicos, espías del régimen, comunistas, ateos, maras·salvatruchas, choferes de microbús, extorsionadores, disidentes, sindicalistas de la cfe, porros, miembros de la sección 22, saqueadores del walmart, afiliados a la cia, al fbi, a la kgb, culeros de las farc, kukuxtlaneros, zetas, terroristas, guerrilleros, paramilitares, extraterrestres que vienen a exterminarnos.

y ellos ni en cuenta, téllez.

ni a pan.

ni saben si están en la cárcel o en su casa o en su cama o en su alcantarilla o en su jaula: animales que son.

cucarachas que puedes matar de un pisotón.

así que el pedo lo vamos a solventar de esta manera, téllez: le vamos a cantar derecho al lauro y le vamos a cargar el muerto al salva.

al fin que ni piensa el culero.

al fin que ni vida tiene el perro.

al fin que ni de aquí es la rata.

al fin que ni a persona llega el infeliz».

lavarte los dientes, dormir con pijama,
rezar tus tres aves marías y tu angelito
de la guarda

pero dudas, téllez. eso fue lo que aprendiste en la academia de policía, pero no lo que te enseñaron tu abuelos.
tus padres no porque se fueron pronto, pero tus abuelos sí. ella cosía calcetines y vestía niños·dios. él era sastre, un desastre de sastre que nomás nunca le salió bien
un saco.

pero comían al menos. se te enseñó a lavarte los dientes, a dormir con pijama, a rezar tus tres aves marías y tu angelito de la guarda.

y ahora mírate, muchacho:

hecho todo un policía de los gordos,

de los meros panteoneros.

con el argot de poli y tu cinturón lleno de cosas, gases, esposas, pistolas, cargadores, lamparitas, celulares y radios. como si de veras supieras utilizar algo de lo que te cuelga, téllez. pero qué le vas a hacer si el jefe dijo; y cuando el jefe dice, uno se calla la boca, agacha las orejas y hace.

para eso estudiaste, téllez;

para eso te pagan:

para obedecer.

no para andar poniendo en duda, cuestionando lo que el jefe dice. ni que fueras alguien en el cuerpo de policía. si bien sabes que no eres nadie,

nomás un garrote eres, téllez;

una rociadera de gas;

una pistola que obedece.

«eres pendejo y obediente como cadete», te decía tu abuelo sastre. desastre de sastre que no le salían las camisas. «pendejo y obediente como cadete», te volvió a decir el día en que frente al director de tu primaria le dieron la queja de que te habías madreado con la señora de los jugos.

—¿porqué con la de los jugos, mijo? —te preguntó tu abuela desconcertada.

—me pagaron —dijiste y tu abuelo supo que no había remedio, que tu destino era la academia de policía y que ibas a terminar siendo un liendroso. si no es que ya lo eras desde entonces.

quién sabe por qué, téllez; si tus abuelos te criaron bueno. se te enseñó a lavarte los dientes, a dormir con pijama, a rezar tus tres aves marías y tu angelito de la guarda.

pero la vida es lo que es,

y a veces

las abuelas buenas

crían a unos perfectos hijos de putas.

cien gramos de jamón y un bolillo

el hijo del chaparro abandonó la "operación rescate" después de la última vez que te escapaste, chaparro.

mejor decidió olvidarte.

decirles a sus amigos que nel, que su padre había muerto y que de ahora en adelante nomás su madre. y hace bien, piensas tú, así ya no me va a estar sermoneando cada vez que se compadece y te trae cien gramos de jamón y un bolillo.

no lo entiendo, piensa el chaparro, no sé por qué insiste en que esta vida está culera. que esta vida no es vida. que la vida no está aquí sino allá. no aquí afuera sino allá adentro.

—encerrados no hay vida, camaleón —le dices porque siempre le has dicho camaleón al ernesto. él piensa que es porque los camaleones son miméticos y sigilosos y no le hacen mal a nadie, nomás se alimentan, se aparean y contemplan. no sabe el ernesto que el apodo lo sacaste de un luchador de "la triple a" que un día se te acercó en el callejón y con su máscara, con su capa, con su pecho musculoso bien brilloso, y con su brazo lleno de brazaletes te estiró uno de a doscientos.

—gracias, don luchador —le dijiste redimido, pensando ya en que los siguientes tres días ibas a estar disueltito en el aliento de dios con esos doscientos varotes.

—soy el camaleón —dijo el don luchador de "la tripe a" y se giró dejando el airecito de su capa en tus cachetes y apretado en tu mano el de a doscientos.

de ahí mero viene el nombre, chaparro, pero el ernesto no lo sabe. y no porque pretendas ocultárselo, sino nomás porque cada cosa que le cuentas te tira de a loco y ni te escucha y nomás te deja tu jamón y tu bolillo y te acaricia el pelo como si fueras un gatito. y a ti te dan ganas de maullar, de ronronear, de restregarte en sus piernas y mirarlo desde acá abajo porque casi siempre te encuentra tirado.

     —si tú supieras, mijo —le dijiste la última vez—. si tú supieras todo lo bueno que tiene la calle...
     —¿qué? —preguntó y te aguantó la mirada.
pero tú no respondiste, chaparro. te quedaste pensando en el zumbido de las estrellas de neón de los anuncios de los hoteles y en el olor a orines y en los besos de la güera que llegaron a ti como en sueños, como desde el lado de allá de la realidad.
     te quedaste pensando en las canciones que cantas y en las chambas que haces con el lauro.
     te quedaste pensando en las banquetas y en las carcajadas que estallan en tu boca salidas desde dentro, desde el fondo del cosmos de tu sistema nervioso central. supernovas explotando en carcajadas que llenan de soledad a los transeúntes que te miran y se les atora la nostalgia en el pescuezo, y ya ni saben si patearte o acariciarte o darte algo de comer o aventarte cinco

varos y seguir metidos en sus pensamientos que no van más allá de llegar a tiempo a su oficina y esperar el partido de fut del fin de semana o la noche a solas en el baño para hacerse una chaquetita silenciosa, no vaya a ser que despiértemos a los otros, muchos, que empanclados duermen y comen y viven en esta casa que ya nos está quedando chica.

te quedaste pensando, chaparro, en el firmamento que una vez viste desde el lote baldío donde arrimas tu esqueleto por las noches junto al ojitos y al salva y a la güera; que aquella vez, acostada boca arriba junto a ti, bien peda, levantó la mano intentando tocar con los dedos el rociadero de estrellas

para luego esparcírselo por el cuerpo

porque ella sabe

que tú sabes

que en el mero fondo de ella no hay otra cosa más que estrellas.

te quedaste pensando, chaparro, en cómo el tonaya se convertía en tonatiuh y venía a rescatarte a cada ratito. en veces de a dos pedas al día. en veces de a tres.

—aquí vive el diablo, mijo, pero también vive dios —alcanzas a decir demasiado tarde porque ernesto, el camaleón, tu hijo está ya metido en su cama durmiendo triste y sin remordimientos porque han pasado tres horas desde que te dejó entimismado y absorto a media calle con tu jamón y tu bolillo.

lo que pasa es que al chaparro ya se le despedorró la parte de cerebro que se encarga de organizar el tiempo.

ahora contesta el martes las preguntas que le hicieron el sábado.

ahora se ríe de los chistes que le contarán mañana o pasado mañana.

ahora llora por sus muertos de hace años y lamenta la muerte de los vivos que seguro morirán unos días después:

«como el salva», piensa el chaparro, o lo adivina, o lo sospecha,

y esa intuición lo estremece.

aún.

ojitos mentirosos

el ojitos baila porque todos bailan. y capaz que si no baila le caen a putazos los otros nomás por no bailar con
ellos o por hablar zipizape como habla. aunque también
baila porque le gusta, lo sumerge en otras dimensiones
desconocidas para nosotros.

el ojitos vive en el mero linde de lo irreal.

el ojitos duerme en el mero umbral de la locura.

el ojitos es un funambulista que, en vez de vara,
se equilibra con tonaya.

pero el ojitos no se nos va. se queda. nadie sabe por
qué, pero se queda. mero en medio de esto y lo otro.
mero en medio como alma·en·pena, como media·vida. se
queda y ahora baila en un bosque, encuerado y descalzo. baila en un bosque en medio de un círculo de vena-
das·brujas·desnudas.

no sabemos de dónde sacó esa imagen, pero ahí está él.
aunque en la realidad esté bailando solo porque el resto del escuadrón se abrió a la verga. el ojitos fue el único que se quedó en la posada de la calle regina. cerraron
la calle, trajeron a un sonidero y colgaron una esfera de
luces.

la cumbia retumba en el centro histórico.

la guaracha sabrosona levanta faldas y hace sudar
a las morenas que giran y giran como satélites, como

planetas, como galaxias en medio del mugrero de este barrio del centro histórico donde el ojitos baila.

sin saber quién organizó la fiesta ni quién patrocinó los pomos, el ojitos baila y le vale verga. se ablanda con el tonaya y el tíner y se vierte en el acordeón. siente el ojitos que la ropa le pesa y se chispa la camisa. gira como las morenas con minifalda, como las galaxias y va sintiendo la sonrisa, el gozo, eso bonito que da la calle.

moja su mona el ojitos cuando el cerebro le dice que algo comienza a entender. es el único pensamiento que esta noche le queda: mojar la mona de tíner y llevársela a las narices.

y afuera del ojitos:

amo su inocencia (diecisiete años)

amo sus errores (diecisiete años)

soy su primer novio (diecisiete años)

su primer amor.

y adentro del ojitos las venadas·brujas·desnudas se acercan y lo empujan con sus lomos tersos.

y afuera del ojitos:

es callada, tímida, inocente, tiene la mirada

le tomo la mano y siente algo extraño.

y adentro del ojitos las venadas·brujas·desnudas le lamen el cuerpo, lo limpian, y esos lengüetazos hacen que se contonee, que se contorsione como la tongolele.

y afuera del ojitos:
qué si eso es el amor
qué si eso es el amor
qué si eso es el amor
qué si eso es el amor.
y el ojitos se confunde.
se.
con.
funde.
y ese fundirse lo pone chido. sabe que es natural porque tantos litros de tonaya a lo largo y ancho de su vida le han ido derritiendo los bordes de los pensamientos hasta que dos se hacen tres, o nueve se hacen seis, o todos los pensamientos se hacen uno solo, ininteligible, pero espumoso y calientito como meada de borracho.

y ahí el ojitos se sumerge y se siente nonato, intrauterino. y desde ese su útero etílico el ojitos siente que lo nombran acá, en esta realidad donde la cumbia impone el ritmo de los pasos y de los besos.

ojitos mentirosos no me mires, canta ahora el sonidero y el ojitos piensa que le hablan
mero a él.
y se derrite el ojitos: es un trocito de mantequilla sobre un comal.

se derrama el ojitos: es una gota de semen en el ombligo de una mujer.

ojitos mentirosos no me mires, pide la rola aquí afuera y el ojitos acata, cede, obedece, cierra los ojos,

para no ver,

para irse de una vez por todas de aquí,

para quedarse por siempre allá,

encuerado y descalzo rodeado de venadas·brujas·desnudas,

donde todos los pensamientos son uno,

ininteligible, pero espumoso y calientito

como meada de borracho.

la marihuana es para albañiles…
pásame la mona

desde el día en que el lauro aleccionó al escuadrón y les
dijo que la marihuana es para albañiles, al chaparro se le
fraguó en la memoria la consigna y se juró, por su hijo
camaleón, que jamás se dará un toque de esa porquería.
puro tonayita, piensa, o dice porque a veces ya habla solo
el carnal nomás de pura intoxicación etílica. por eso la
última vez que se puso como idiota con otra banda, con
otra jauría pero de más chavos, gentes de diecipocos, chavitos de apenas rozando los veinte, les fue a tirar el choro de que la marihuana además de cara, era de pendejos.
y eso es lo que está echando a perder este país, compitas:
la marihuana. por eso se escapó el chapo y por eso kate
se puso tan pinche flaca. por eso también la trevi se ope-
ró las tetas y la jeta, tan guapa que estaba antes y ahora es
igualita a la tesorito que es igualita a la yuri que es igualita a la lucía méndez que es igualita a la paulina rubio, que
es igualita a la thalía que es igualita a la anahís.

—¡pues está chingón! —dice un chavito de aquellos, roñoso, famélico—: porque así cogerte a una debe ser como cogerte a todas.

—en lo que sí tienes razón, chaparro —dice otro de los chavitos más chavitos, uno que parece puñito de hojas secas—, es en que la marihuana es para albañiles… así que mejor pásame la mona.

y ahí va el putazo de tíner hasta las neuronas para que el cuerpo sienta lo que recibe y esta vida de mierda se vuelva más llevadera y este mundo de mierda se llene de colores y esta hambre de mierda se apacigüe con el solvente.

no sabemos qué chingados hace ahí el chaparro si ése no es su clan; y en la calle si te arrimas a otro clan, te pueden hincar los dientes y la ñonga: "bileteada", le dicen. y le toca al primer pendejo que cae dormido, o al nuevo, al novato, al recién llegado, al arrimado.

al chaparro no le late,

se siente excluido en el grupo de los excluidos. pero ahí anda el wey, algo busca. como que se acerca con los morros y les pregunta cosas: que de dónde chingados rascan la piedra, que a quién chingados le compran el guato, que en qué esquina se consigue material.

ni un pinche peso encima trae el chaparro y por eso más desconfianza causa a los morros, se ve que ni ganas tiene de atizarse, se ve que es feliz con su alcohol, pero pregunta y pregunta hasta que uno de ellos se emputa y se le va a los vergazos.

—te cayó la voladora, pendejo —y el chaparro tiene que salir a rastras de ese callejón en busca del suyo porque la ira de uno provocó la ira de los otros y se arremolinaron sobre el cuerpo del chaparro como pirañas. arañado y en calzones sale el chaparro porque es bien sabido que las pirañas hacen añicos la carne y jirones las prendas.

ni ganas de venganza en el chaparro.

ni a eso llega.

lo único que quiere ahora mismo es ir a chillar con el lauro, decirle que qué poca madre tiene, que agarre de detective a otro más pendejo, que a cualquiera de esos morros les vale verga la vida, su vida, la vida de ellos, que se les puede enjaretar cualquier muerto y ni pio dirían los putitos. si con trabajos saben decir su nombre: el patas, dijo uno; el frente·de·olla, dijo el otro; pitorcas, el otro; blac, el que se sentía más malote; la marrana y el mastodonte.

—ni saben que ni saben —insiste el chaparro frente al lauro—. yo creo que hasta un favor les harías si los entuzas en el bote.

—por lo menos comerían una vez al día —masculla el lauro y este pensamiento lo redime, igual que lo

redime aventarle un pantalón y una chamarra al chaparro para que se tape los pellejos y el pinche hoyo puru-
lento que le atraviesa el chamorro.

—eso sí.

—eso sí.

simón o nel

mientras va cayendo la noche llena de noche en la esquina de bolívar y san jerónimo, el lauro habla con la policía.
es algo serio.
se ve.
algo relevante porque el lauro palidece y mueve la cabeza como no queriendo querer. pero los puercos arrecian
y lo persuaden, lo mal·miran, lo amenazan, lo señalan. y
al lauro no le late. como que sí pero como que no.

desde lejos el salva ve la acción, pica la salsa, capizca la
jugada y va sobres.
algo debe.
lo sabe y por eso va sobres.
algo debe y sabe que los polis también lo saben y
por eso va sobres.
algo debe y el lauro también lo sabe y por eso va
sobres.

la navaja en la mano y la mano en el bolsillo. los dientes apretados y el olor a mierda rodeándolo como un aura buena.

y buenas noches, agentes de la ley.

y aléjate, cabrón, venimos a hablar con el lauro.

y el lauro es mi pana, cómo la ven; y relumbra el filo de la navaja con las luces de la torreta.

y el policía desenfunda y apunta su arma al pecho del salva.

y el salva sonríe. es una sombra que sonríe. pelando los dientes sonríe porque me la pelas con tu pistolita: ¿a poco crees que nunca había visto una de ésas?, y piensa en la guerrilla, en las metralletas, en las ráfagas, en la mara, en la aguja que le inyectaba tinta en la mejilla, en la cárcel, en las violaciones tumultuarias, en el ruido de las ruedas sobre los rieles de la bestia, en la risa de su rocío, en las ganas que tiene de matar otro.

y el lauro: baja el arma, téllez, no mames.

y téllez: que suelte la navaja.

y el salva: nel, el lauro es mi pana. qué chingados traen con él.

y el lauro: ya estuvo, salva, no hay pex. no la cagues, mijo, mejor llégale, que yo lo arreglo.

y el salva: ¿neta?

y el lauro: neta.

y el salva camina hacia atrás, poco a poco, sin quitar los ojos de los polis, del téllez que no baja el arma el puto, pero tampoco amartilla, ni siquiera pone el dedo en el gatillo el maricón. el salva, en cambio, retrocede sin guardar la navaja, sin aflojar los dientes hasta que llega a la esquina y súbitamente se pierde, se lo traga la calle. la noche. la calle y la noche.

y el tira enfunda temblando y le dice serio:

—¿ya ves? si ese wey no vale nada y tú te vas a llevar buena plata. además se pasó de verga el puto. tú lo sabes.

—no seas pendejo —interviene su superior—, ni que fuera tu hijo.

—casi —dice el lauro.

—exacto, nomás "casi".

—¿y si no fue el salva?

—eso vale verga, lauro. tú ponle el dedo y nosotros nos encargamos de que sí haya sido él.

y se van dejando la bronca, la duda, la tentación en la cabeza del lauro que no sabe si sí o si no,

si atorarle o zafarse,

si simón o mejor nel.

el libro de las reencarnaciones I

ayer el ojitos discutió con el lauro. cosas serias, no mamadas. el lauro llegó con un libro que le había regalado su mensajero. un libro que hablaba de las reencarnaciones. el lauro no lo leyó porque no sabe leer, nomás sabe hacer cuentas, pero al mensajero de los sueños le cree. y en ese *libro de las reencarnaciones* decía que clarito decía

que ya se va acabar el fin del mundo.

le falta poco para que se lo lleve la chingada con todo y pajaritos y flores y truchas y puercoespines y ciudades y azoteas y nubes. porque una supernova estalló a millones de años luz y dentro de poco llegarán los primeros putazos convertidos en asteroides que sacarán de su órbita a la tierra provocando que toda la corteza terrestre se ahogue en un espeso caldo de mierda y extermine absolutamente todo lo vivo que haya sobre esta bolita de caca que es el planeta.

nos cargará el payaso, dice el *libro de las reencarnaciones*, y ni cómo chingados hacerle. no hay esperanza, ninguna más que la reencarnación en otra cosa, después de eones y eones. pero eso será después, millones de años después, cuando en un charquito primitivo aparezca un protoplasma que dé vida a una célula y ésta comience a latir

y luego se parta en dos

y luego se mueva

y luego se junte con otra célula que a su vez haga un ínfimo organismo:

el primer cuerpo vivo de esta otra nueva tierra. y después este ínfimo cuerpo vivo se mueva y desarrolle un esqueleto y órganos y branquias e invada los océanos para después reptar hacia la tierra para ser por fin anfibio y luego reptil y luego mamífero que posteriormente desarrolle un sistema nervioso central hasta que un día,

en busca del horizonte,

o de la posibilidad de mirar las estrellas,

se yerga como un segundo mono de darwin.

y entonces todos reencarnaremos en jehuite o en amapolas o en dinosaurios o en ladrido o en zopilotes o en escarabajos·estercoleros o en coyotes·guadalupanos o en perros·de·azotea que poblaremos el mundo e inventaremos la herramienta, luego la caza, luego la agricultura, luego la ganadería, luego los pueblos, la sociedad y la religión y la medicina, luego la propiedad privada, luego el dinero, luego los motores y las máquinas, los puentes, los semáforos, el metro, los trenes y las computadoras y el sexo por internet y la comida rápida y los viajes espaciales y la pornografía y el producto interno bruto y las calles y las ciudades que llenaremos de coches y humo y talaremos otra vez todos los arbolitos de esta tierra renovada, y enchapopotaremos los montes para no ensuciarnos las patas de tierra y echaremos a perder lo bonito con nuestras impertinencias,

jugando a las guerras y a las bombas,

jugando a los presidentes y a los países,

jugando a la política y a la pobreza,

jugando a la justicia y nos dé por matarnos otra vez unos contra otros, y sepultemos con basura hectáreas y hectáreas de océanos hasta que

el planeta,

todo,

hieda

y los otros planetas no se nos quieran ni arrimar y llegue otra vez el cosmos a darnos un coscorrón con un meteorito para poner orden

y limpiar el gamborimbo en que habremos convertido,

una vez más,

a la tierra.

pero eso será después, primero nos va a llevar la verga y eso es un hecho. lo dice clarito *el libro de las reencarnaciones*. así que mejor chúpale, pichón, porque el mundo se va a acabar y ójalas nos agarre bien briagos y con una botellita de tonaya en las manos.

el vengador anónimo

pero *el libro de las reencarnaciones* decía cosas más serias, también, como que uno del escuadrón les va a cortar el pescuezo a todos, uno por uno, en lo alto de una peda, o sea, ya inconscientes.

uno del escuadrón le va a cortar la cabeza a todo el escuadrón.

—pero si somos ley —le dijo el lauro al mensajero de sus sueños.

—yo no soy quien lo dice, mi rey —dijo su mensajero—. lo dice el libro, y yo que tú le prestaba atención porque los libros dicen la verdad.

—¿qué verdad?

—la que tú quieres, rey·sol. la que tú quieres.

y el lauro supuso que se trataba de aquella verdad que ya antes se había imaginado. aquélla donde el salva le rajaba la panza a todo el escuadrón. así nomás, una noche después de una peda de días, al salva se le pelaban los cables y le llegaba el recuerdo del hijo de puta que había destazado a su rocío, y desde esa furia les abría el pescuezo a todos y a cada uno del escuadrón.

una carnicería dejaba a su paso el salva. con su navaja agarraba dormiditos a todos y los degollaba. primero al chaparro, luego a la güera que no es güera, luego al ojitos, luego al lauro.

se le metía el diablo al salva y desde ahí miraba, respiraba, mataba.

en la verdad del lauro, el salva era el diablo y tasajeaba al escuadrón.

«no habrá más escuadrón», decía el salva ensangrentado de las manos y la ropa. de pie a media noche, rodeado de cadáveres desangrándose.

«que sea tu voluntad, dios·vivo», decía el salva y se abría las venas con su navaja.

en la verdad del lauro así aparecían los anuncios en los periódicos de la mañana siguiente.

decían los encabezados, y así los encontraba el comandante téllez: empanclados todos al fondo del baldío y bien muertos.

fue fácil enterarse de la masacre porque el chorreadero de sangre atravesó todo el lote,
anegó el patio,
buscó la reja de la salida,
encharcó la banqueta
y vino a entintar la calle de olor a rojo.

de eso hablaba *el libro de las reencarnaciones* que el mensajero de sus sueños le había llevado al lauro y que ahora el lauro le contaba al ojitos.

pelando los ojos el ojitos.

espantado el pobre vato porque ni en sus peores delirios había tropezado con una imagen así, tan culera, lauro.

—culera no, papá..., "culero": porque quien nos va a matar es el salva.

—no lo creo capaz.

—¿no?..., ¿y sus muertitos anteriores?, ¿y aquel cabrón al que le sacó los ojos con un desarmador?, ¿y el otro pobre pendejo que tasajeó sobre la bestia?..., ¿no?

y el ojitos piensa.

piensa poco y teme mucho.

casi ni piensa pero teme.

se le borran las venadas·brujas·desnudas con las que estuvo bailando anoche y se le imponen las muertes que carga el salva, los tatuajes en el paladar del salva, que cuando se pone fiero, abre la boca y los enseña. «¿quieres convertirte en otro puntito en mi paladar, pana?», pregunta amenazante cuando anda fiero y abre la boca y aprieta la navaja decidido.

se le imponen al ojitos los ojotes del salva y ese wey nos mata sin pedo alguno,

y luego se mata solito el pendejo,

y luego revive y se va a la verga,

que es el sitio de donde viene,

que es el sitio de donde nunca debió haber salido.

«mejor nos le adelantamos, ojitos», le dice el lauro y le enseña el fogón. es una pinche .22, pero de cualquier manera mata. el arma no, pero su bala sí. o el agujero que hace su bala.

«la cosa está en que el agujero debe darse en el sitio correcto. no en la pierna ni en la panza, mijo; en la cabeza. es ahí donde debe ser. debes apuntarle aquí», instruye el lauro y se señala el tercer ojo, «y jalarle el gatillo con el cañón bien pegadito a su frente para que no vayas a errar».

—y luego qué —pregunta el ojitos sonriendo porque le acaba de regresar la imagen de las venadas·brujas·desnudas y le están bailando otra vez en la cabeza.

«luego avientas el fogón a la alcantarilla que está del otro lado del eje central».

—¿hasta allá?

«es la más honda y da al drenaje más gordo, mi rey. ahí nunca, nadie, en siglos la encontraría. de lo demás me encargo yo».

—y yo qué gano, lauro —dice el ojitos pensando en uno de a cien para comprarse un litro de tíner y medio kilo de estopa.

«cómo que qué ganas, pendejo: seguir vivo, ¿no ves que nos va a matar?»

y el ojitos piensa que sí y que no. que simón y que nel. que el salva es ley y que el salva es venenoso.

en su puta vida ha tenido un fogón en las manos el ojitos, pero ahora ya lo tiene. ya se lo enfundó en la cintura. ya está sintiendo el poder de caminar armado en esta ciudad, y como que siente que si le quieren cambiar el nombre al de·efe, primero tendrán que esquivar las siete balas de su .22. lo sabe. el lauro le explicó cómo se carga, cómo se corta cartucho, cómo se apunta, cómo se sujeta, cómo se jala el gatillo.

y ahora el ojitos ya se siente mamalón, como en una película que vio hace años, o meses, o ayer, ya no lo sabe:

vengador anónimo todo jodido.

raquítico, empedernido, el ojitos sale de la bodega y se pierde por ahí. como que se le caen los pantalones al pobre infeliz, pero es por el peso del arma que carga encima.

    ni quién lo pele,
    ni quién se dé cuenta de las intenciones del ojitos,
    ni quién se imagine qué anda buscando,
    le urge,
    tiene un asunto que arreglar con el salva.

arañas, carnal

sacaron los cuatrocientos cincuenta kilos de cartón en diablitos. les tomó toda la noche echando viajes de aquí para allá; es decir, de un territorio a otro; es decir, de la bodega aquella a casa del lauro. porque lauro es el machín, lo hemos dicho ya. después de acarrear toda aquella montaña, al lauro se le vino encima un recuerdo lleno de alegría: su ingrid que en realidad es marlenne, y se puso espléndido el carnal, y a la voz de «caguamas y putitas para todos» se armó la fiesta.

poco nos duró el gusto, dice el chaparro, o a mí, porque con eso de que ya se me están torciendo las tripas pues chale, al poco rato ya estaba bien pedo y más al rato me entró la pálida y luego la recia y al rato ya estaba bien doblado, durmiendo como angelito hasta que empezaron los delirios.

—arañas, carnal, mecas, así de grandes. culeras y peludas andando por las paredes de la casa.

sin casa, en la mera calle veía arañas andando por las paredes de la casa.

como si la calle fuera mi casa.

como si los muros de las casas fueran las paredes de mi casa.

arañas, carnal, rojas, sangrientas. peludas y sangrientas. y el rechinadero de dientes, no mames. y el torzón de manos, de piernas, y el engarrotamiento de tripas. los temblores de la muerte, el trasudar de cuando ya te está cargando la chingada: el sudor del diablo. te toca, chaparro, me dijo el diablo. ni pedo, pensé, me toca. pero aguanta, le dije al diablo. no seas culero. mejor luego. y ya no me contestó el wey. nomás se hizo grande grande y se dejó venir sobre mí como si fuera una ola de lava, ardiendo, hiriente, viva. así me vinieron a encontrar los enfermeros. los habían mandado traer porque estaba muy culero ver a un vato retorciéndose en la banqueta y pegando de alaridos.

la güera quiso salvarme, pero no lo logró,

me morí de todas formas y aquí ando muerto en vida.

de los delirios nadie se salva, ni el salva, aunque dice que sí. que él ya habló con el diablo y le partió su madre a machetazos.

—si ni machete tienes, wey —le dije.

—aquí no pero allá sí —escupió y me miró bien culero, desde allá. por eso le dije al lauro que si queríamos morir de muerte natural,

o sea,

con el hígado podrido,

algo deberíamos hacer para abrir al salva.

—antes de que él nos madrugue, lauro —le dije al lauro y creo que sí me creyó, porque a los pocos días lo vi hablando con la poli, con el téllez, y luego ya no vimos más al salva por aquí.

ni la güera lo vio.

ni el ojitos.

el libro de las reencarnaciones II

el *libro de las reencarnaciones* también decía otras cosas. el mensajero de los sueños se lo leyó al lauro, la güera y el chaparro. y después de un choro como de dos páginas, la güera movió la cabeza bien sesudamente y dijo:

—está cabrón, mijo. ójalas y yo reencarne en delfín.

—a mí me gustaría en río —dice el mensajero de los sueños y como que más enamora al lauro.

—¿y tú, chaparro?

y el chaparro lo piensa, lo medita, hace una pausa larga, espesa. sin que los otros le quiten la vista de encima, pasan por su cabeza animales y plantas y nombres y esperanzas. al final, revelado, dice:

«yo quiero reencarnar en epazote».

y otra vez las calles del centro histórico se llenan de risa, ya que el escuadrón esta noche está de buenas porque están leyendo.

y el chaparro se piensa epazote rodeado de flor de calabaza y queso oaxaca,
calientito,
cobijado por una tortilla azul
y a punto de saciar el hambre de un pasajero afuerita del metro balderas de esta ciudad que es su ciudad porque él le puso el nombre:
de·efe.

las venas llenas de vinagre

—para mí que se lo llevó la tira —opina la güera.

—nel. de seguro se regresó a su país.

—nel. de seguro lo encontraremos esponjado en un lote baldío.

—¡chale! y él no era el siguiente —masculla la güera porque en su lista el siguiente era el chaparro.

sí. la güera atesora una libreta donde, con una letra de cromañón, anota ideas, dibujitos, bonitos pensamientos, retazos de textos que copia de los periódicos, de los anuncios, de las placas donde se dibuja el nombre de las calles:

isabel la católica

prefiero andar oliendo a mierda que a podrido

atraco a mano armada

se alcanza a leer en las hojas mugrientas. pero además, la güera tiene anotada
su lista de muertes.
una bitácora de los idos y la premonición de los que se irán. en esa libretita deshojada se puede medio leer:

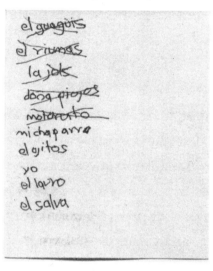

sus vaticinios respecto a quién será el siguiente.
así nada más.
porque morir es lo que se viene a hacer a la calle,
porque ser calle no significa estar muerto, pero sí estar muriendo.
porque para vivir está lo demás: las ventanas, los hijos, el metro. para vivir está chapultepec y los espejos de los hoteles de paso y ver la ciudad desde los aviones y ver los aviones desde la ciudad. para vivir están los algodones de azúcar y los besos de la paula y la carne de

cerdo con verdolagas. para vivir están las azoteas y los
secretos y el ajedrez y las amantes y los hijos.

    aquí,

    en la calle,

    se viene a morir

    y a eso nos ayuda el tonaya,

    a ir muriendo.

lo sabe la güera. por eso se entrega. por eso baila y le
pide al chaparro que le cante porque no le teme a la
muerte.

    nunca le ha temido.

pero si el salva se hubiera muerto, seguro ya lo hubiéra-
mos encontrado. los muertos huelen a muerto y eso sí
no hay manera de ocultarlo. a menos que lo hayan ente-
rrado, pero quién chingados iba a estar interesado en
enterrar un pedazo de carne prieta y pútrida.

    —nel, a ese vato se lo llevó la tira —dice la güera.
y en su mirada se vislumbra la desconfianza porque se
dio cuenta de que el pinche lauro ya hasta se va de lado,
le pesa la bolsa nomás de tanta morralla. hasta rompió su
chaleco para comprarse otro porque si mi ropa no está
bien dada a la verga, no la tiro. y hasta pintó su cantón.
y hasta se puso muy invitador. y hasta se trajo a vivir a
su casa a la michel que ahora resulta que se llama lucía.

lo cierto es que ahora todo el escuadrón duda, suda, teme. hasta el lauro, porque ayer regresó la tira, el téllez,

a decirle que nel,

que el salva no estaba en la cárcel,

que se les peló aunque ya lo tenían amachinado y esposado.

pero aun así se les peló porque ese wey es un perro·de·rabia. los años con la mara y con la guerrilla lo trastornaron, lo violentaron, lo trastocaron, le llenaron la cabeza de vidrio molido revuelto con napalm y mentadas·de·madre.

—¿qué es el napalm?

—una cosa bien culera —es el téllez quien responde—, más culera que el chile habanero.

—verga.

—verga.

simón, continúa la tira, dicen que el salva no tiene alma, ni entrañas, ni tripas, ni nervios. que tiene las venas llenas de vinagre. dice el téllez que lo levantaron a media noche, bien pedo; que luego luego le metieron unos garrotazos en la panza al puto; que lo llevaron a un chiquero donde lo encueraron, le atizaron unos tehuacanazos por las narices y unas agujas debajo de las uñas y le apagaron unos cigarros en las piernas y le arrancaron a puños los pelos de los huevos y se quedaron sin saliva nomás de escupirle la jeta durante horas

hasta que cantó:

—sí, jefe —dijo la bola de carne molida y pelambre que era el salva—: yo mero fui.

y el lauro siente que el culo lo abandona nomás de imaginar al salva como santo·cristo. todo escupido, despellejado, supliciado. algo se le desacomoda adentro al lauro:

es culero el vato, pero no un culero de ese calibre.

y los del escuadrón son sus hijos —hijos de la chingada y suyos— y a un hijo no se le hacen esas mamadas.

y esta pinche ciudad —con todo y su nombre— es su guardería. donde juegan al vicio y al delirio, pero no a despellejarse, ni que fueran qué.

así que el lauro nel.

él no fue.

él no es capaz.

tendremos que pensar en otro.

ácrata

lo cierto es que al momento del traslado del salva quién sabe cómo se zafó un aro de las esposas y le sacó un ojo a su custodio nomás con el dedo·gordo,

así de brutal, feroz, desalmado, execrable, após-tata, maldito, inhumano, ácrata, repugnante y relapso es ese hijoeputa, ese animal, ese demonio, belcebú, lucifer, satanás, luzbel, leviatán, mefistófeles, diablo.

luego se trenzó a mordidas con los otros tres que lo cus-todiaban y salió corriendo como rata y se entreveró entre el gentío y se coló al metro y se tiró a las vías y se enfiló en putiza por el túnel hacia el borde de la noche.

—lo seguí, lauro. lo seguí. iba gritando el cabrón, por eso era fácil seguirlo. lo seguí hasta el metro, hasta las vías, hasta el túnel. pero cuando la luz fue escasean-do y desenfundé mi arma, lo siguiente que vi fueron los focos del tren que se me quería echar encima y tuve que volver en chinga al andén.

hasta salió en el periódico porque el jefe había convocado a conferencia de prensa —jadea el téllez mientras tira la portada de un periódico donde se ve al salva saliendo de la patrulla deshecho a puro madrazo y con ojos de diablo.

pero de verdad de diablo.

neta de diablo.

de diablo de veras.

de diablo.

sabe a caldo de verga

el salva dice que habló con el diablo. se le apareció una noche después de haber matado a un wey sobre la bestia. y que ahí, sobre el techo del último vagón del tren, mientras miraba cómo las vías se quedaban atrás y se iban perdiendo, se le apareció un vato mamado, recio, encuerado, nomás con un chor. todo tatuado el vato, me dijo. y hasta ahí todo normal, hasta que le vi la jeta, toda tatuada igual y la cabeza toda rapada...,

pero con cuernos, pana.

neta.

con cuernos.

—así que usted es el culerín que acaba de acabar a este wey —dijo, y me enseñó el cuerpo del vato que me había quebrado. lo traía sujeto en una mano, colgando como trapo viejo. muerto, bien muerto, aún sangrando por el hueco de los ojos porque yo se los había sacado con un desarmador.

—simón —le dije, y ni miedo tuve. más bien me sentí patrón, como reconocido, como si por fin alguien, aunque fuera el diablo, se estuviera dando cuenta de quién es quién.

le brillaron los putos cuernos al empedernido, soltó el cuerpo del desojado y se me vino encima despacio, babeando, con un machete en la mano donde no colgaba aquél.

ni lo pensé, huevón, ni lo pensé.

nomás le dije, me pelas la verga, diablo, y levanté la pistola que le había quitado al muerto y le metí un plomazo entre los cuernos y por allá voló el puto junto al otro difunto dejando nomás el monótono ruido del tren sobre los rieles

y el monte abriéndose a nuestro paso.

inmediatamente pensé, «me tengo que hacer otro tatú».

el pedo fue este sabor a hiel y sangre que desde entonces se me ensalivó en la boca;

este sabor a caldo de verga, pana;

este amargor que ni con tonaya se va.

este resabio a muerte, a encía podrida, a alcantarilla. esta hiel que me tiene agarradito de los huevos porque desde entonces siento la condena de seguir siguiendo, seguir hiriendo; seguir huyendo, pana.

ésa es la única manera de seguir vivo.

aunque estar vivo signifique irse muriendo.

todo *sí* tiene su *no*

yo la neta no le creo al salva. neta. el diablo es el diablo
y no se anda con mamadas de pistolitas. ese culero no
perdona, ni avisa. nomás te cae y a revolcarte cabrón,
¿no que muy machín? así me pasa con el alcohol, carnal:
primero la felicidad, pero luego el delirio. chale.

si no fuera por los delirios, el tonaya sería perfecto.

pero todo *sí* tiene su *no*.

qué le vamos a hacer.

dicen que el lauro le puso el dedo al salva. por eso
desapareció. y no sabemos si se lo cargó la policía o
se regresó a su pinche pueblo, o se huyó, o qué pedo.
a la mejor está en el bote, dado a la verga, peleándo-
se con el diablo.

porque en el bote puro diablo,
ahí sí,
diablo del diario.

ni paz, ni comida caliente, ni cama, ni sábanas limpias,
ni agüita fresca, ni sol, ni cielo.
    puro diablo a diario.
    si me lo dicen a mí.

la puta calle

la calle es aquello que se dobla, carnal. aquello que se va venciendo de a poco. la calle es la soledad y la sonrisa. juntitas, cuatas, mancuernadas como botón y ojal.

pero la calle también es origen y destino: fin.

aquí se viene a terminar de terminar, carnal.
en la calle convivimos con lo oscuro y lo brillante, con la gente y los animales, con el daño y la salud.

violencia y caricia, valedor.

la calle es para los peatones, transeúntes, bicicleteros, patinetos, estudiantes, skatos, ñoras y jubilados, godí-nez, gente de a pie. la calle es el mundo de afuera; y aquí afuera, es todo lo otro.

todo
lo otro.

en este luminoso bote de basura llamado de·efe retoza-
mos como potrillos inquietos al lado de los desemplea-
dos, patas·de·perro, vagos y paseantes porque la calle
nomás se sabe si se camina, ñero, si no, nomás nel.

un instante, raza, eso es la calle: un puto instante.
vertical y definitivo como cualquier otro instante.

transitorio.

nunca pasado,

jamás futuro,

sólo este presente pasando en chinga de allá hacia acá.

ser en la calle es ir sucediendo, lulú. ir viendo cómo nos
vamos yendo. todos. de a poco pero todos.

pura fuga.

puro tránsito.

pura trayectoria.

puro trazo.

pura cicatriz.

un recorrido vertical acentuado por la contundencia
del espacio y no del tiempo; porque el escuadrón·de·la··
muerte está integrado por puro hombre sin tiempo.

así, ñero, vivir en las calles de esta ciudad es romperse
la madre, pelarle los dientes al destino, saber que ésta
es tu última pinches oportunidad de ser algo, pese a que

este "ser algo" signifique pasar hambre, entrar en delirios, tirarse de cabeza, hacerse daño, deshacerse: morir-
se a cachos.

aquí en la calle, carnal, la irrealidad le pica el culo a la
realidad y se caga de risa.
    la calle es del escuadrón y el escuadrón somos
nosotros:
el salva, el chaparro, el ojitos, la güera y yo.
    aquí enteleridos nos cobijamos
    aquí deprimidos nos alegramos
    aquí entumidos nos aliviamos
    eso nomás somos nomás:
hombres partidos en pedazos que le dan sentido a esta
calle·fisura
    esta calle·ataúd
    esta calle·bálsamo
    esta calle·tonaya
    calle·sonrisa
    calle·silueta y presentimiento
    casa
    hogar
    agonía
    sepulcro
    de·efe

el diablo

un tonaya, un frasco, un pomo, un alcohol, un pegue, un sorbo. así se dice en la calle. un aliviane, un trago. incluso hay quien le llama: un chingadazo de paz.

 y eso es precisamente lo que necesitan ahora el chaparro, la güera, el ojitos, y sobre todo el lauro. porque anoche, ya bien carcomida la madrugada, en el barrio alguien vio al salva.

 se escurría por una pared,

 se asomaba desde una azotea,

 se perdía en una esquina: el salva.

 pura sombra es el salva.

 pura crueldad.

el daño de los años le ha ido emputeciendo el pensamiento y no le queda de otra más que lo atroz.

 pura venganza es el salva.

 puro rencor.

y el lauro lo sabe, y el ojitos lo sabe, y la güera que no

es güera lo sabe, y el chaparro lo sabe. y ahora sí ya nos cargó el payaso, lulú, así que mejor chúpale pichón porque es mejor morir ahogado de pedo que desgarrado por una hiena.

—está bien rojo el culero —dicen. no sabemos quién. uno de los morros famélicos que no sueltan la mona ni para cagar. uno de aquellos morros sin nombre: el patas, el frente·de·olla, el pitorcas, el blac, la marrana o el mastodonte.

—tiene los párpados volteados y las comisuras de la boca abiertas.

—dicen que no es el salva, pero yo lo reconocí —jura uno de ellos y tiembla, y sus temblores hacen temblar los maceteros de san jerónimo donde el chaparro ya se acuclilló a tirar una caca porque una noticia de esa envergadura da ganas de cagar, afloja todo el mastique—. pasó a mi lado y luego luego me llegó su olor a gasolina.

«qué transa, mi salva», le dijo el morro aguantándose el miedo.

«no soy el salva», escupió el culero y el ruido de su gargajo enfrió toda la calle.

se detuvo y todo se detuvo.

con él.

raro de la verga. «pinche tíner», pensó el morro, «ahí viene el mal·viaje otra vez».

pero nel.

era real.

la noche era la noche y el salva era el salva y su gargajo llenaba de frío la banqueta, el coche abandonado en la esquina, el único poste de luz que todavía sirve.

«ponte, mi salva», le dijo el morro y le extendió la mona. lo dijo de camaradas, como abriéndole las puertas de su casa.

«no soy el salva», repitió el salva con el hocico sangrando, los años de dolor en el pellejo, las muñecas lastimadas, el recuerdo de sus rocíos titilando en la pupila, los labios costrosos, la nariz rota, la navaja viva en un bolsillo del pantalón y el frasco de tonaya latiendo en el otro, la jeta reseca, los tatuajes ennegreciendo las mejillas: «les van a faltar manos para pelarle la corneta», pensó antes de decir:

—soy el diablo.

y se encaminó trabado y silencioso hacia la boca del callejón.

el tonaya no perdona

un día, mi lauro, se nos terminará de pudrir la pata y
a todos nos va a llevar la verga. verás. un día se nos va a
acabar de gangrenar el intestino porque el tonaya no
perdona, carnal. el tonaya cobra caro su varo y no fía.
　　factura que te presta, factura que le pagas.
y el chaparro piensa en el día en que venga el tonaya
convertido en el salva abriendo lo oscuro con el filo de
su navaja, dispuesto a degollarlo.
　　o bien en el próximo delirio aderezado con calambres que resulte en paro respiratorio y ataque al corazón.
　　o mejor, una infección general que se propague
desde su várice ulcerosa o úlcera varicosa y le infecte
todos los órganos, las arterias, la sangre, los nervios, los
huesos, el cerebro y hasta los dientes que no tiene.
　　y ahí quedará el chaparro todo infecto,
　　pudriéndose en estas sus calles del de·efe

hasta que vengan a embolsarlo y etiquetarlo para después achicharrarlo en los hornos del crematorio municipal y tirar sus cenizas a la basura orgánica.

o ya de plano, si mi ciudad·madrastra está de buenas, pues atropellado por un trolebús así nomás, sin que me dé cuenta de ni madres. eso sí, con mi tonaya en las manos y cantando.

y recuerda el chaparro la lista de la libreta de la güera:

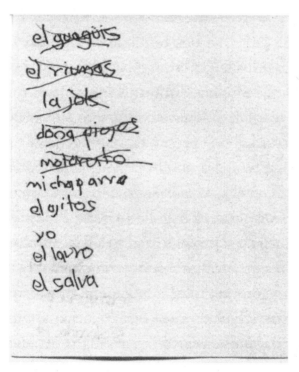

y se siente solo esta vez el chaparro.
echa una flema sanguinolenta y se siente solo.

—gamborimbo rebotando de estrella en estrella en el espacio sideral—.

levanta la cabeza el chaparro para mirar esta ciudad a la que ya le quieren cambiar el nombre

pero él sabe que siempre será de·efe

y se siente solo.

se siente solo.

eso nomás.

El tonaya no perdona de Edson Lechuga
se terminó de imprimir en marzo de 2019
en los talleres de
Litográfica Ingramex, S.A. de C.V.
Centeno 162-1, Col. Granjas Esmeralda, C.P. 09810,
Ciudad de México.